DONDE NACE EL CORAJE

CASOS CRIMINALES COMPLEJOS
LIBRO CUATRO

RAÚL GARBANTES

Página web del autor:
www.raulgarbantes.com

amazon.com/author/raulgarbantes
goodreads.com/raulgarbantes
facebook.com/autorraulgarbantes
x.com/rgarbantes

Obtén una copia digital GRATIS de *Miedo en los ojos* y mantente informado sobre futuras publicaciones de Raúl Garbantes. Suscríbete en este enlace:
https://raulgarbantes.com/miedogratis

ÍNDICE

PARTE I

1

MARINA DALL le abrió la puerta, sonriente.

—¡Hola, querida! —dijo la persona recién llegada, sonriendo. Se dieron un beso afectuoso.

«Esta vez no iba a atender a su belleza, ni se distraería un poco siquiera», pensó la persona invitada.

Allí estaba Marina con su cuello pálido, sus labios pintados de rosa, su dentadura perfecta y un chal negro finísimo que caía sobre sus hombros. Se la imaginó como una muñeca de cerámica, o mejor de cristal. La persona que recién llegaba al piso también se dijo que Marina brindaba esa apariencia tan perfecta y a la vez melancólica solo para que se distrajera y se lamentara de que nunca había sido una mujer totalmente feliz, y solo por eso la mantuviera con vida.

Marina Dall no era capaz de un aspaviento, pero tampoco de un sentimiento inspirador, porque contaba con un corazón mínimo: «como los moluscos encerrados en sus conchas», pensó la persona asesina, al separar sus labios de la piel de Marina y terminar el beso.

—¡Hola! ¡Gracias por estar aquí! ¡No imaginas lo que

significa para mí! —dijo Marina, mirando el bolso de mano que su visitante había traído consigo.

La persona asesina sabía que Marina mentía, pero lo dejó pasar. Solo por un segundo pensó que era verdad, sin embargo, luego desechó tal ocurrencia. No podía olvidar la verdadera razón que había impulsado a Marina a invitarle a su piso.

—Entra —pidió ella, cariñosa.

A Marina la movía una pulsión a la que no había podido resistirse nunca. La de dominarlo todo. Aquella persona invitada era una victoria más, y una diferente a las que estaba acostumbrada a coleccionar.

—Puedes dejar el bolso allí, junto a la puerta. Luego volveremos a él —dijo la anfitriona.

La persona obedeció.

Marina y su visitante recorrieron el pasillo que terminaba en un arco y una puerta que conjugaba cristales coloridos, como un rosetón de una iglesia gótica. Marina colgó el chal en un perchero a medio camino en el corredor, luego avanzó y abrió una hoja de la puerta de los vitrales, continuó entonces y luego se detuvo a esperar.

La persona miró al detalle todos sus movimientos en el pasillo y se preguntó si debía atacarla de una vez. No planeaba distraerse con las cosas bellas que creaba Marina Dall, ni con el esmero con el que cuidaba su cuerpo y sus ropas. Ese había sido siempre su ardid, su fraude; hacer creer que tenía una naturaleza bella y humana cuando en el fondo era monstruosa.

Se sentaron en un salón cuya decoración se empeñaba en lucir elitista.

La persona sintió náuseas, pero se contuvo.

Luego miró hacia abajo, a la alfombra persa de motivos modernos y vio el contorno de las pantorrillas perfectas de

Marina y sus zapatos negros. Usaba también una pulsera dorada con un colgante. Pensó que el supuesto encanto de Marina hacía que mucha gente quisiera llegar al fondo de lo que ella era, pero sabía que al hacerlo se comprobaría que no había nada en su interior.

«Ninguna perla, solo su resistente concha y su desvaída sangre fría», se dijo.

Por eso la había imaginado como una ostra, y por ello se había decidido a dar un paso más, a comprometerse, a hacer de Marina Dall su primera víctima. ¡Porque ella no era humana! Su humanidad era solo el disfraz de un ser primitivo y de origen marino, de los que se habían sabido disfrazar desde siempre en la historia, desde el origen de los primeros dioses griegos que los supieron desenmascarar. La persona sabía muy bien cuál era su papel ante ese monstruo perfecto. Por ahora debía hacerla confiar. «La confianza siempre era el mejor rescate», solía decir su padre, y tenía razón.

Le dijo a Marina algo sobre su casa, alabándola, por supuesto. Sabía que la había decorado ella misma y que escuchar eso le encantaría. La adulación ante todo. Marina sonrió complacida. En ese momento justo, luego de sonreír, Marina pensaba que le sería fácil conseguir lo que deseaba de su visitante y que, en parte, ya lo había conseguido porque había acudido a la cita.

Mientras tanto, la persona miraba a Marina y sabía que era su gran enemiga. Esa mujer tan educada de pelo plateado, luciendo tan serena, era una exquisita extensión de la deformación mundana y costosa que su piso mostraba. Entonces, dejó de verla como una ostra y le pareció más una mantis religiosa, una persona mimetizada con los colores claros y convenientes de su sala para no desentonar. Miró unos instantes su chaqueta verde claro y la falda floreada de fondo blanco, con una tela que guardaba consonancia con el escenario. Parecía estar transformándose en una práctica camaleónica para esconder mejor su oscura perversidad.

Marina le ofreció café y la persona aceptó, acallando su imaginación por el momento.

Marina había preparado, en una mesita junto al sofá y a la butaca donde se habían sentado, un servicio sobre una bandeja. Sirvió café para su visitante y luego se sirvió ella. Tomó un sorbo en una taza grande que mostraba arabescos de colores dorados.

—Cualquier cosa me hace temblar en estos días —dijo Marina y se tocó la frente con los dedos.

«Podría haberse dado cuenta de mis intenciones asesinas, y tal vez quiso parecer una criatura de sangre caliente, común y corriente», pensó la persona que la escuchaba. También pensó que tal vez se había perdido algunas palabras anteriores a esa confesión por estar dentro de sus cavilaciones, examinando a su primera víctima. Eso constantemente le decía su madre, que tenía una capacidad anormal de meterse en su propio mundo y olvidar lo que sucedía alrededor.

—Tengo miedo —confesó Marina.

Esa fue una revelación aún más insólita para quien la escuchaba. «¿Ahora debía concebirla como una mujer necesitada de protección, alguien cuyo dominio se basaba en una especie de melancolía enfermiza?». «Ni en mil años», se dijo al tiempo en que tomaba un sorbo de café y escondía la amenazante expresión de su rostro.

Sin embargo, por unos segundos tuvo el impulso de proteger a Marina y no asesinarla, pero volvió a verla como un insecto amenazante que lo miraba desde el cuerpo de una mujer maltratadora. La confesión del temor que ella acababa de hacer le produjo entonces un estallido de rabia. Marina Dall no podía ser objeto de lástima porque todo en ella era altanería, sobre todo cuando no podía obtener lo que deseaba. Desechó entonces definitivamente la comparación que había hecho antes, la de asemejarla con una ostra fría, y se quedó con la del insecto nacarado y brillante. La mantis que se acomoda, se desplaza, se acerca, demanda, pide y juzga.

Le resultaría más fácil imaginar a sus víctimas como animales, sobre todo al momento de procurar el ataque mortal, que en este caso estaba próximo a suceder. Eso se había dicho cuando no le había quedado más remedio que planear los asesinatos.

—¿Por qué tienes miedo? —preguntó, fingiendo interés.

—Porque creo que algunas personas me odian con mucha fuerza, y he sentido esas malas vibraciones en mi empresa después de que esa chica hizo lo que hizo. ¡Como si yo tuviese la culpa! Siento que estoy en peligro porque la gente espera un trato complaciente casi siempre, y yo no estoy dispuesta a brindarlo. Las normas son las normas, y la disciplina, la disciplina. Soy así y no voy a cambiar…

La persona la miraba interesada, la consolaba, pero en realidad pensaba que Marina estaría mejor muerta, que su monstruosidad terminaría tarde o temprano envenenándola a ella misma.

«Como en un acto de ventriloquía, pronuncia palabras sin pensar, pero teniendo por detrás al verdadero ser autónomo que la hace funcionar; su corazón negro de insecto», pensaba.

Imaginó, entonces, a Marina cubierta de un velo negro que mostrara al mundo que muerta se había liberado del agonizante peso de su propia maldad. Algo que demostrara a viva voz su funcionamiento tan contradictorio; bella por fuera, y podrida por dentro. Porque Marina Dall sabía disfrazarse muy bien. Llevaba su podredumbre como una magia encima o adentro, y por eso había que acabar con ella y mostrar su cadáver cubierto con su propio chal finísimo, en señal de que siempre ocultó su propia naturaleza obscura, amparada en su poder y su «liderazgo».

«Las personas como Marina viven de ocultar la valía de los demás. Sobre todo, para ocultar su verdadera vaciedad. Por eso eran violentas, maltratadoras sin necesidad, y por eso a las Marina Dall de este mundo había que exterminarlas».

Eso se había dicho cuando se decidió a visitar su piso y ahora volvió a decírselo con más fuerza.

Había llegado el momento de la acción.

Cuando Marina se levantó para buscar más café en la cocina, la persona aprovechó y la siguió un par de pasos, y cuando ella se giró, puso las manos alrededor de su cuello. Apretó así todo lo que pudo.

Sintió su cara caliente, toda su cabeza. Sus ojos se llenaron de agua, pero dudaba de que fueran lágrimas. Nadie podía llorar por una mujer como Marina. Era más bien agua de mar, de la masa donde se originó la vida en la tierra. Agua y sal que limpiarían las heridas que una mujer envidiosa, engreída y violenta había abierto en el mundo que la rodeaba.

Marina intentaba defenderse sin poder lograrlo, movía las manos al principio con más energía y luego fue apagándose.

Cuando la persona se dio cuenta de que estaba inconsciente, la soltó. El cuerpo de Marina se desplomó sobre la alfombra persa.

Sacó del bolso que había traído consigo un martillo forense de acero y unos guantes quirúrgicos. También sacó una sierra de mano y un traje quirúrgico con capucha. Se la puso. También los guantes. Movió la mesa central del salón, que se hallaba a poca distancia del cuerpo de Marina, para contar con más espacio. Entonces, tomó a Marina de las manos y la movió hasta ubicarla en medio de la alfombra. Comprobó que aún tenía pulso, aunque débil. Luego sacó del bolso unas bridas para amarrarle manos y pies, por si despertaba. La ató con las manos hacia atrás; su cuerpo yacía bocabajo.

Tomó un cojín que encontró sobre el sofá donde antes se había sentado. Lo puso bajo la cabeza de Marina. Cogió el martillo y comenzó a golpear con mucha fuerza su cuello. Marina despertó. Balbució algo incomprensible. Una, dos, tres, muchas veces golpeó el cuello. Perdió la cuenta. Desde el primer golpe la mujer calló, para siempre.

Las vértebras cervicales de Marina quedaron desechas. También su hueso hioides y su clavícula. Las lesiones produjeron la fractura cervical y la muerte.

Luego, la persona dejó el martillo y tomó la sierra. La puso sobre la alfombra y quitó las bridas que había puesto en las muñecas de su víctima. Le extendió el brazo izquierdo y seccionó en la muñeca, luego en el antebrazo. Dejó las partes amputadas muy cerca del cuerpo. El brazo, como si continuara en su posición original, solo que separado del lugar donde hizo la disección, a unos tres centímetros, y la mano puesta con la palma hacia arriba, como pidiendo algo.

Bebió el resto de café que quedaba en su taza y luego la metió en el bolso, junto al equipamiento quirúrgico que había llevado consigo. Lo guardó todo, miró por última vez a Marina Dall, «o a su disfraz», pensó. Enseguida se dirigió al corredor y buscó el chal y lo llevó consigo. Se hincó junto al cadáver y envolvió su cara con él. También su cuello destrozado.

Se alejó y estuvo conforme con la escena.

«Nunca entendiste cómo funcionamos las personas. Nos veías como piezas de un sistema abstracto y sin nombres propios. La primera lealtad que sentimos los humanos está por encima de la norma. Pero para ti, el éxito ocupó el lugar de todo. Como si las normas hubiesen surgido para que alguien domine las cosas, y no fuese un invento para acompañarnos a todos mientras buscamos lo mejor. Detrás de todo tu discurso de disciplina y obediencia solo había banalidad. La banalidad infantil de tus inicios y que fue cambiando a la banalidad destructora de tu final. ¡Fuiste un pasaje de la promesa a la fatalidad sin nada en medio, mujer estúpida! Y alguien así solo puede ascender en una estructura que padezca de lo mismo; una estructura banal y fatal. ¡Ahora sabrán que he llegado y haré algo al respecto para cambiar las cosas!».

Esas palabras las dijo en voz alta, como si estuviera dando un discurso desde un púlpito.

Miró de pasada el bonito piso de Marina Dall mientras se quitaba los guantes. Ya el traje se lo había quitado antes. Luego metió los guantes en uno de los bolsillos de su pantalón. Miró por última vez el cadáver y sintió deseos de algo extraordinario. Tomar algo de su cuerpo. Lo hizo.

Luego salió del piso de Marina Dall.

2

Desperté.

Estaba en una celda.

Me dolía la cabeza y sentía mucha sed. Pasé la lengua por mis labios, pero eso no cambió el que estuviesen secos y agrietados.

Me dolían los brazos, las piernas, pero sobre todo la cabeza. Estaba tendida. En el lugar había dos camas, pero la otra estaba vacía.

Era de día. La habitación dejaba colar un tipo de claridad que me hizo pensar eso. No tenía idea de cuánto tiempo llevaba allí adentro.

Llevé por instinto la mano derecha al lugar donde sentía más dolor. Era atrás, en la nuca y algo más arriba. Palpé un golpe, una zona abultada.

Escuché voces.

Alguien dijo «despertó».

Eran voces masculinas.

Hasta ese momento, pensé que estaba sola.

Oí pasos que se acercaban.

Apareció un hombre uniformado; lo vi entre las rejas. Él tocó tres de los barrotes con su dedo índice de forma rasante, como hacen los niños cuando caminan junto a una cerca. No comprendí por qué hizo eso.

Calculé que tenía cerca de sesenta años. Tenía el pelo cano y también era canoso su espeso bigote. Sus ojos eran pequeños, alargados y hundidos. Me miró con aspereza, y a la vez como complacido por haberme atrapado haciendo algo malo.

—Soy el *sheriff* Donald Dabbou. Y usted, al fin, ha dejado de dormir... —dijo.

—¿Qué estoy haciendo aquí? ¿Por qué estoy encerrada? —pregunté al tiempo en que hacía un esfuerzo por sentarme en la cama donde había despertado.

—Está en la comisaría de Lusk, en el condado de Niobrara, del estado de Wyoming. ¿Es que pretende hacerme creer que no sabe por qué está aquí? —preguntó el hombre elevando más la voz. Lo hizo como si hasta ese momento hubiese estado fingiendo una amabilidad que ya no era necesaria.

—¿Por qué estoy encerrada? —insistí.

La cabeza me dio una puntada de dolor tal que creí que iba a desmayarme. Ahora también me dolían las sienes. Me levanté y sentí un mareo. Volví a sentarme.

—Porque la hemos encontrado in fraganti —sentenció.

Su voz era desagradable, además de aguda, arrastraba las eses y enfatizaba demasiado las tes. De igual manera, elevaba el timbre cuando finalizaba las oraciones, como en señal de autoridad. Eso hacía que me reventara la cabeza todavía más.

«¿In fraganti?», repetí para mis adentros y después en voz alta.

—¿Qué se supone que hice? —exigí saber.

Él no me respondió. Habló con alguien que recién llegaba. Escuché sus pasos y lo vi. Era otro hombre, que se había detenido junto al *sheriff*. Llevaba uniforme de policía. Este segundo hombre le dijo algo al oído.

Era alto y delgado. Junto a él, el *sheriff* parecía insignificante. No por la estatura, sino por la actitud. Me pareció contradictorio, pero era como si yo presintiera que este segundo hombre fuese quien gobernaba aquella comisaría a pesar de no detentar el cargo de mayor autoridad.

Esperé.

Vi como el *sheriff* Dabbou asentía con la cabeza ante las palabras que el recién llegado le decía. Luego se separaron un poco.

—¿De verdad cree que vamos a tragarnos que alguien la golpeó en la escena del crimen? —preguntó Dabbou, acusador.

«¿Escena del crimen?», me dije y fue cuando una mayor oscuridad cayó sobre mí. Fue como darme cuenta de repente de las dimensiones de lo que estaba viviendo.

—¿Qué…? —comencé a preguntar, poniéndome de pie.

Los hombres abrieron la celda y entraron. Se mantuvieron cerca de la salida. Por un momento, tuve miedo de que se acercaran más a mí.

—También dirá que no recuerda al agente Taberner —acusó el *sheriff*.

Miré al hombre. Intenté recordarlo, sin éxito.

«¿Es que debía recordarlo?», me pregunté. Estaba muy confusa.

El agente Taberner me miraba en actitud retadora.

—Está aquí porque ha asesinado a alguien y la hemos pillado —dijo Dabbou.

—Yo no soy una asesina —alcancé a responderle.

—Díganos su nombre —exigió Taberner.

Tenía la voz grave. Retumbó en la celda.

Me quedé callada. Fue el primer instante de la peor pesadilla de mi vida. Pero ellos, los dos, me miraban como si estuviera jugando, mintiendo.

—No lo recuerdo. No recuerdo mi nombre… —confesé.

3

COMENCÉ A SENTIR una especie de claustrofobia, me asfixiaba en ese lugar.

«¿Por qué no sabía quién era yo?», me preguntaba. ¡Tenía que obligarme a recordar!

—¡Vaya! ¡No se acuerda de su nombre! —exclamó Dabbou, y puso sus dos dedos pulgares entre la tela del pantalón y la hebilla de su cinturón—. Creemos que ahora pretende padecer una especie de amnesia para confundirnos, como si esto fuera una mala película. No es usted del pueblo, parece de ciudad y puede que crea que no sabemos hacer las cosas bien en un lugar como este —completó.

«Un hombre acomplejado». Esa frase vino a mi cabeza en medio de mi desesperación como un anuncio con luces.

Inspiré profundo y me exigí calmarme.

—¿Quién me ha golpeado? —pregunté luego con voz queda.

—Justo eso ha venido a decirme el agente Taberner. Ya sabemos quién lo hizo —afirmó el *sheriff*.

Sentí otro latigazo en la cabeza; esta vez solo en las sienes.

—¿Quién? —pregunté con un grito.

—¡Usted misma! Han encontrado restos de sangre en la corteza del tronco de un roble tras la casa de su víctima. Parece que usted misma se golpeó contra el árbol para luego fingir que el «asesino fantasma», que no es otro que usted misma, la golpeó y la dejó allí en la escena.

No sabía de qué me estaba hablando. Quería escapar, pero no tenía oportunidad en ese momento. Tenía que ser más inteligente que ellos y calmarme.

—¿A quién se supone que asesiné? —pregunté, haciéndome cargo.

—Es usted una asesina en serie. Hemos encontrado en su poder pruebas que lo confirman. El agente Taberner ya lo hizo, pero ahora lo vuelvo a hacer. Le informó de sus derechos…

—¿Cómo se llaman las personas que dice usted que asesiné? —insistí.

Tenía la esperanza de que al conocer sus nombres tal vez volvieran los recuerdos nublados en mi cabeza. No sabía nada de mí misma y mucho menos de los actos que me llevaron hasta allí, pero sabía que no era una asesina.

—¿No recuerda usted a Clara Holland? ¿Ni a Marina Dall, a John Garrow o Charlie Bennet? Ya… dirá que no, por supuesto. Peor será. Si confesara, le iría mejor, podría ayudar que colaborara y explicara la razón por la cual ha matado a todas esas personas…

Escuchaba su voz, pero estaba pensando en los nombres que había pronunciado, me los repetí un par de veces. Sabía que eran importantes para mí, pero no de qué manera. Era inútil. En mi cabeza había un cortocircuito.

—Quiero un abogado —manifesté.

Sabía que tenía derecho a uno y que ellos, por muy discrecional que fuera la autoridad en ese pueblo desconocido para mí, no podían negármelo.

El *sheriff* sacó sus pulgares sostenidos tras la hebilla de su cinturón y el otro hombre, el agente Taberner, dibujó una media sonrisa. Se miraron un par de segundos y luego me observaron a mí.

—Tendrá su abogado —dijo el *sheriff* y se dio media vuelta.

Salió de la celda.

Detrás se fue Taberner. Este último fue quien cerró la puerta. Yo volví a sentarme, mareada.

4

Miré mis manos, mis brazos; buscaba alguna marca, un tatuaje, algo. Con mi mano derecha me toqué la cara, los labios, la nariz, las cejas. Fui capaz de reconocer mi rostro. Sabía cómo era, aunque no tuviera un espejo delante. Al menos, eso ya era algo. Continué buscando marcas en mi piel. De repente, sentí un ardor en el hombro. Miré. Tenía un tatuaje extraño, un árbol con una serpiente. No me gustó. Acomodé de nuevo mi ropa. Cerré los ojos. Tenía que vencer las náuseas que me atacaban, que iban y venían como una marea.

«Sabía que tenía derecho a un abogado».

Eso me dije. Entonces, comprendí que algo en mi vida me llevó a tratar con abogados, jueces, policías. Me vi a mí misma dentro de un despacho hablando con personas desconocidas. Pero era una especie de consultorio. Me pregunté si sería psiquiatra forense, o algo así. Me vi hablando con un hombre, uno que llevaba una gorra de béisbol. También vi a un hombre muerto en una sala de autopsias. No sabía quién era, tal vez sí el de la gorra, pero sentí tristeza por su muerte.

—¡No soy una asesina! —grité.

Sin embargo, comprendí que mi identidad tenía que ver con ellos, con los asesinos.

No sé cuánto tiempo pasó. Aquel lugar era muy silencioso. Pudo ser media hora después cuando escuché unos pasos apurados. Parecían marcados por zapatos de tacón. Me levanté y me acerqué a la reja. La toqué. Al hacerlo, vi una carretera ante mí. Fue una visión, dentro de mi cabeza. Como si yo estuviera conduciendo un coche a gran velocidad y por la ventanilla pudiese ver un conjunto de árboles que estuviese dejando atrás.

Solté el barrote y di un paso hacia atrás. Definitivamente, mi cabeza no estaba funcionando bien. Esa visión tal vez fue un recuerdo, concluí.

Entonces, vi a una mujer menuda, de cabello rojizo y ondulado que caminaba por el corredor. Llevaba un maletín y un bolso de mano. Parecía torpe.

—Soy Rose Eastman, abogada de oficio. Voy a representarla —dijo la recién llegada. Su voz era algo ronca pero cálida. Creo que me recordó a alguien.

Se le cayó el maletín y varias hojas salieron volando. Las recogió, las amontonó como pudo y luego habló en voz más alta a alguien que supuse estaba resguardando el ingreso al corredor de las celdas, pero que yo no podía ver.

Pidió que le abrieran la puerta de mi celda.

Esperé.

Entonces, una mujer en sus treinta, alta y de contextura fuerte apareció manipulando un llavero y abrió la reja. Me sorprendí pensando que no sabía que aún había instalaciones de detenciones con esas características, con rejas en lugar de puertas y ventanillas. Era como de un tiempo pasado.

La abogada entró. La otra mujer se fue, o al menos quedó

fuera de mi campo visual. De seguro se había quedado allí cerca por si yo me volvía violenta.

Rose Eastman me dio la mano. La estreché. Cuando lo hice, en mi cabeza apareció una niña en un salón de clases. Era motivo de burla de algunas de sus compañeras. Estaba segura de que era ella, la mujer que estaba frente a mí cuando era niña.

«¿Por qué había tenido esa imagen de ella?».

«¿Estaba loca?».

«¿Era cierto que era una asesina?».

«¿Por qué había perdido la memoria?».

Todo era confusión, y tuve que contener las ganas de llorar.

5

—DE VERDAD, no me puedo creer que no puedan habilitar una sala más cómoda para que hablemos. ¡Claro que pueden hacerlo, porque esto está casi vacío! En este pueblo nunca pasa nada. Pero lo hacen para presionar, para presionarte. Saben que en este ambiente deprimente vas a quebrarte, o al menos eso creen. Te ayudaré a que eso no pase —concluyó.

Sus ojos eran muy claros, no solo el color de sus iris, sino su mirada. Parecía una persona confiable.

—Está bien —afirmé.

—¿Nos sentamos? —preguntó ella.

—Sí —respondí.

Lo hicimos en la cama donde había despertado. Ella se acomodó a mi lado y puso su bolso y su maletín con los papeles desordenados sobre sus piernas. Después sonrió.

—¿Te duele la cabeza? —me preguntó.

Asentí.

—Se supone que te han evaluado la lesión y no es nada de qué preocuparse. Entiendo que padeces amnesia temporal, producto del golpe o de los eventos traumáticos que has vivido. Eso, por supuesto, las autoridades de esta comisaría no lo creen ni por asomo. Pero yo sí te creo. Nadie es tan tonto como para diseñarse una coartada como esta de no recordar nada. Es absurdo. Por eso, lo primero que tenemos que hacer es intentar recordar algo acerca de ti, sobre quién eres. Todo está allí en tu cerebro. De hecho, no estás en total oscuridad. Mira que al despertar comprendiste que estabas detenida, comprendiste que esos sujetos uniformados eran la autoridad, que el crimen se pena con cárcel y que necesitabas un abogado. ¿Lo ves? Tienes el mapa completo de lo social generalizado. ¡Jamás volveré a decir que las clases de Sociología Jurídica que recibí en la universidad no servían para nada! —exclamó, y luego hizo una breve pausa para tomar aliento.

Yo, mientras tanto, la observaba con atención, y también cada vez más convencida de que la niña en mi cabeza era Rose Eastman en la escuela.

«¿Cómo podía ser eso posible?».

Me alarmaba y me maravillaba al mismo tiempo que la imagen de alguien que veía por primera vez, y al contacto con su piel, me hiciera imaginarla de niña. Sea quién fuera yo, debía ser alguien con mucha imaginación.

—Quiero decir que tienes claro lo que son las instituciones, y eso ya es bastante. Lo que no consigues recuperar es tu propia línea biográfica. Entonces te pregunto, ¿no hay nada en tu cabeza que nos dé pistas de quién eres? —preguntó.

—No. Creo que trabajo investigando asesinatos. Y no sé de dónde saco eso. También tengo un tatuaje o una cicatriz en el hombro. Mírala —le pedí.

Ella lo hizo, animada, pero luego vi cierta sombra de malestar en su rostro.

—¿Qué sucede? —interrogué.

—No me gusta. Puede ir en tu contra. Parece algo que se tatuaría alguien que perteneciera a una secta, y ellos suponen que el asesino pertenece a una por la forma como dejó a la víctima... —dijo y se calló de repente.

—¿Cómo la dejó? —pregunté.

Ella movió la cabeza de un lado a otro.

—Primero dime tú qué recuerdas.

—¡Nada! No recuerdo nada. Lo he intentado... Creo que antes de despertar aquí estuve en un lugar extraño —comencé a decir. En mi memoria parecía abrirse cierta luz ahora que estaba en compañía de alguien que aparentaba estar de mi lado—. Entré a una casa. Una luz amarillenta me aturdía. Además, alguna de las lámparas emitía un sonido como un zumbido desagradable. Yo estaba alerta. Había muchos muebles en ese lugar, estaba recargado y desordenado. Di varios pasos. No parecía haber nadie. Miré las cortinas enormes, que pensé hechas con pieles de animales. Había también una cabeza de ciervo en una pared. Sus ojos brillantes me parecieron muy reales. Presentí que algo malo había pasado allí. Desenfundé mi arma...

—Tu arma —repitió Rose.

—¿Clara?, llamé. Lo hice de nuevo. Nadie respondía... —continué diciendo, como movida por el recuerdo que recién aparecía en mi memoria—. Di varios pasos más. Entonces la vi, tendida sobre el sofá con un vestido rojo. Estaba muerta, con el brazo izquierdo tumbado que sobresalía del sofá. Parecía dormida, pero yo sabía que estaba muerta. Su mano, su muñeca, era muy blanca, tanto que podía ver sus venas azules...

—¡Eres policía! No de aquí, porque te hubiesen reconocido. Hablaste de tu arma. Estás acostumbrada a ingresar en sitios peligrosos. Has dicho que estabas alerta al entrar en ese lugar, no has dicho «nerviosa» ni «aterrada», sino «alerta». Es lo que enseñan a las fuerzas policiales o militares. Eres observadora, has dado muchos detalles en esta narración. Y fuiste a ese lugar porque presentiste que Clara estaba muerta. ¿Lo ves? —finalizó Rose, victoriosa.

6

Todo lo que ella decía tenía sentido. Me sentía cómoda con esa idea, la de ser policía.

Rose apartó el bolso y el maletín, los dejó a un lado en la cama, se levantó y comenzó a caminar por la habitación.

—Algo te preocupa —afirmé—. ¿Que en lugar de ser policía sea una asesina y por eso voy armada y no tengo miedo? —completé.

—No es eso. El lugar que describes donde está la mujer muerta, por lo que sé, es la escena del crimen, pero la mujer que ves en ese recuerdo no coincide con la forma como el asesino dejó a Clara Holland. Ella fue hallada con un velo sobre la cabeza, envuelta en una tela de factura fina, con los huesos del cuello rotos y con la mano derecha cercenada a la altura de la muñeca, el antebrazo también cercenado. La mano, dispuesta muy cerca del lugar donde se realizó la amputación, estaba colocada con la palma abierta y hacia arriba.

—¡Es un crimen ritual! De los que suelen ser cometidos por mentes criminales complejas —dije sin pensarlo.

Tuve la impresión de que ese momento era una especie de *déjà vu*, o que muchas veces antes en lo que no recordaba de mi vida me había enfrentado a cosas similares.

Rose se quedó mirándome con los ojos muy abiertos.

—Definitivamente, eres policía de homicidios, o algo así —comentó Rose.

—Por favor, préstame tu móvil. Quiero ver mi rostro —le dije.

Ella lo sacó de su bolso y lo activó en modo fotografía con la cámara frontal. Me lo entregó. Me vi en él. Era tal como lo esperaba. En alguna parte de mi cerebro estaba grabada mi cara. Eso me dio más esperanzas.

Rose se despidió de mí. Me dijo que volvería en la tarde. Que ya tenía algo por dónde comenzar. Me recomendó que descansara.

«¿Un crimen ritual?». «¿De dónde saqué eso?».

Me acosté e intenté no desesperarme. Si, como decía Rose, tenía amnesia temporal, pronto volverían los recuerdos. Solo era cuestión de evitar la tensión y soportar.

Me dormí. Una voz me despertó. Se trataba de una mujer sentada en la cama contigua. La que antes estuvo vacía.

—Soy Tilda —dijo con una voz extraordinariamente aguda. Creo que lo decía por segunda vez.

—Hola —respondí.

Me senté. La miré. Era una mujer de unos veinte años y pocos más. Estaba maquillada y sus labios lucían oscuros, color mora. El delineador estaba corrido en sus mejillas. Creo que había llorado.

—La serpiente me ha enviado aquí —afirmó.

Recordé el tatuaje en mi brazo.

—La serpiente es mi vecina. Ha dicho que la he agredido, pero eso no es cierto. Como es amiga de Marc Taberner, entonces, por supuesto, le han creído a ella. Dice que en la noche ella estaba escuchando música a alto volumen y que entré en su casa y la ataqué. Todo es mentira.

—Yo no sé muy bien por qué estoy aquí —confesé.

—Creo que, en el fondo, eso nos pasa a todos los que terminamos en un lugar como este —dijo la chica.

Me pareció reflexiva. Entonces, me fije que llevaba puesta una blusa que no se correspondía con su edad, parecía pasada de moda, era de una tela vaporosa, con vuelos al frente y en las mangas. Similar a las que les ponen a las muñecas.

—¿Dicen que no recuerdas lo que hiciste? —me preguntó—. A veces es mejor no recordar las cosas —afirmó.

Comenzó a mover sus piernas, poniendo el pie como de puntillas y levantándolo con ritmo acelerado. Su pierna brincaba. Luego paró y me miró, interesada.

Supuse que estaba bajo el efecto de alguna droga. Eso explicaría por qué no recordaba haber agredido a su vecina, si es que lo había hecho.

—Recuerdo que conducía un coche, y luego me subí a un autobús. Pero son recuerdos rotos, no puedo obtener una línea de actuación completa, lo que pasó antes y después, lo que hice… —confesé.

La chica lanzó una carcajada. Es horrible cuando alguien, de repente y sin explicación, ríe.

—Debió haber sido muy fuerte lo que consumiste —exclamó, y continuó riendo.

Sentí miedo. Escuché pasos de nuevo. Era Rose. Esta vez sí nos permitieron hablar en un pequeño salón que se encontraba junto a la puerta que conducía al corredor de las celdas. La misma mujer alta que había dado paso a Rose la primera vez nos llevó a ese lugar y nos dejó solas.

Antes de que Rose cerrara la puerta, escuché otra carcajada de Tilda.

—Han metido a tu celda a la pobre Tilda. Conozco a su

madre. Pobre chica. Pero lo han hecho para incomodarte. ¿Has visto que hay al menos tres celdas más vacías? Es como si estuvieran castigándote. En fin, vamos a lo nuestro. Ya me han dado acceso a tu expediente. A lo que tienen en tu contra.

La miré, interrogante. Sentí la piel de la cara muy caliente.

—Además de haber sido hallada inconsciente en la escena del crimen de Clara Holland, encontraron objetos que supuestamente habías atesorado como trofeos al asesinar a otras víctimas, portándolos contigo. Llevabas una cadena con dos anillos y un colgante. El colgante pertenece a Marina Dall, una mujer que vivía en Wichita. ¿Recuerdas algo de esto? —me preguntó.

No tenía idea de lo que me hablaba. Tampoco de haber portado una cadena.

—¿Un péndulo? —pregunté. Lo hice como si esas dos palabras hubiesen escapado de mi boca sin querer, como si alguien dentro de mí las hubiese pronunciado. Alguien que no era yo.

Rose negó.

—No me han hablado de un péndulo. Mira... —dijo, mostrándome a la vez unas fotografías que sacó de una carpeta del grupo que llevaba consigo y que antes había puesto sobre la mesa.

Vi un dije pequeño con una piedra aguamarina. También vi un anillo espantoso. Era voluminoso y con una piedra negra. Otro, sencillo, dorado.

—¿A quién se supone que pertenecen estos objetos? —le pregunté.

—El dije, a Marina Dall. El anillo con el ónix, a un hombre llamado Charlie Bennet, que vivía en Colorado. Y el otro anillo, a un sujeto llamado John Garrow, también de Wichita. Todos víctimas de un asesino, presumiblemente el mismo.

Una idea cruzó mi cabeza.

—Dos en Wichita… —dije y luego callé.

—Sí. ¿Por qué? ¿Te ha recordado algo? —indagó.

—No. Es solo que esa coincidencia puede ser importante. Tal vez Anne lo sepa —contesté sin pensar.

—¿Quién es Anne? —preguntó Rose.

7

—¡No sé quién es Anne! Mi subconsciente habla por mí. Eso creo. No soy capaz de responder nada con coherencia —reconocí.

—Está bien. Vamos a llegar pronto a saber quién eres. No te preocupes. Si aquí no hubiesen disminuido a su mínima expresión a la fuerza policial, ya lo sabríamos. Al menos, ahora estamos seguros de que no tienes antecedentes. Ya han pasado tus huellas por el sistema. Pero este no está conectado con la base policial, ni militar. Es un despropósito. Lo desconectaron hace años, y ambos sistemas no se «hablan». Todo para ahorrar recursos.

Me parecía que Rose era de las personas que hablaban sin parar.

—¿Puedes decirme cómo asesinaron a esas personas? —pregunté.

—Igual que a Marina. Los huesos del cuello rotos, y con la mano derecha cercenada a la altura de la muñeca, el antebrazo también. La mano con la palma abierta y hacia arriba. Un velo sobre la cabeza. Por eso lo llaman «el Velador».

—Esos crímenes están llenos de simbología. Tal vez se trate de un velo mortuorio. Y lo de las amputaciones puede referirse a que pretende asemejar los cadáveres a esculturas incompletas. O tal vez el asesino mantenga un vínculo no resuelto de buena manera con la belleza... ¿La mujer y los hombres eran bellos?

—Ella sí. Bennet no me lo parecía. Garrow, del montón.

—¿Por qué cubres el rostro de alguien? Impones una máscara para no poder ver sus facciones. ¿Dices que también cubría sus cuellos? ¿Que rompía los huesos del cuello? Esa parte de la anatomía denota cierta fragilidad. Como si nos estuviera diciendo que sabe cuál es el punto débil y atacara allí. O tal vez hable de romper el vínculo entre el cerebro y el corazón, y por eso lo hace en el cuello. Puede estar diciendo que esas personas pensaban más que sentían, o que sentían más que pensaban. Lo del velo es importante. ¿Siempre es la misma tela? ¿Es especial? —pregunté.

—No es la misma. En el caso de Marina Dall, se afirma, según la prensa, que la cubrió con un chal de su propiedad. Uno de una tela muy fina.

—Parece que entonces el detalle del velo se le ocurrió en el acto. Esa fue la primera víctima, ¿verdad? —pregunté.

—En efecto —me dijo.

—Tal vez pretendía hacer recordar un quitón o un *strophion* griego.

—No te sigo —reconoció Rose.

—Un *strophion* es la indumentaria velada que solían usar las mujeres griegas como sostén en sus ropas. El quitón era la túnica. O tal vez pretendía hacerlas parecer como una escultura, como esas esculturas en donde la piel se funde con la tela. El asesino debe ser alguien instruido...

—Me parece que la instruida eres tú —argumentó Rose.

Tenía razón. Al menos, eso sabía de mí misma. No solo

conocía las instituciones, tal como ella me había dicho más temprano, sino que era capaz de juntar piezas para intentar comprender a la mente asesina.

Tuve entonces la convicción de que no era policía, sino analista de mentes criminales.

8

—Ahora que lo dices, Marina Dall participó en una campaña publicitaria que tuvo que ver con griegos. Lo sé porque ese crimen a mí me dejó de una pieza. No sucedió aquí en Wyoming, pero fue en este país, y uno tiene que enterarse de cosas como esas. Ella era diseñadora de interiores, y así como hay diseñadoras de ropa que se especializan en estrellas de Hollywood, ella se especializó en diseñar casas de gente famosa, y una cosa llevó a la otra. Así que terminó diseñando la escenografía para varias publicidades de perfumes y marcas de lujo. Entre ellas, una de unas joyas funerarias.

Arrugué el entrecejo. No sabía qué eran las joyas funerarias.

—Como lo oyes. Entonces, un profesor de arte y antropología de Wichita brindó unas declaraciones interesantísimas a propósito de la muerte de Marina Dall. Espera…, las buscaré en mi móvil si crees que esto puede ayudar a que, no sé, descubras algo —dijo no muy convencida.

Se puso a ello.

—Rose, ¿cómo fue tu época escolar? ¿La pasaste bien? ¿Nosotras no nos habíamos visto antes? —pregunté.

Ella dejó de mirar la pantalla de su móvil y clavó sus ojos en mí con desagrado.

—¿Qué sabes de mí? —me preguntó, empleando una entonación nueva en ella.

—No sé nada de ti. Solo que, cuando te conocí, me pareció recordarte pequeña en un salón de clase. Es todo. Tal vez te conociera antes. Mi vida también está cubierta con un velo negro —reconocí.

—La pasé mal en la escuela. Siempre me interesé mucho por las materias, por la verdad. A algunas de mis compañeras eso les parecía extraño. Estaba en un terreno donde se me consideraba un bicho raro, dotado de «efervescencias psicológicas». O tal vez me consideraran un fracaso debido a mi incontrolable temperamento. La verdad es que odié la escuela y los internados. Hasta el sonido que envolvía los recreos me molestaba.

Volvió a mirar la pantalla y me mostró la noticia de prensa en la que un hombre llamado Paul Burtin exponía su parecer con relación al asesinato de Marina Dall, cometido el 17 de septiembre del año 2023.

—¿Qué fecha es hoy? —pregunté.

Me pareció insólito que no me hubiese interesado por ese detalle antes. Por saber qué día era.

—Hoy es 9 de octubre —me respondió.

Asentí.

Leí la noticia del periódico en la pantalla del móvil de Rose.

Lo hice con rapidez, como si estuviera acostumbrada a leer.

«El doctor en antropología Paul Burtin afirma que el asesino de la famosa diseñadora de interiores Marina Dall ha querido dejar un mensaje al tomarse la molestia de diseñar la escena en la cual fue encontrada. Dice que hay que buscar la clave en lo que piensa el asesino sobre qué es la civilización griega, por el detalle del velo. Puede que se haya sentido ofendido con la campaña publicitaria en donde Marina Dall revistió una escena para una empresa que convierte en joyas las cenizas de los seres queridos».

Me pareció algo rebuscada la lógica expuesta por el antropólogo. Continué leyendo:

«En esta publicidad, la modelo aparece con una túnica griega posando cerca de algo parecido al Partenón. Para el experto, lo que mostraba la publicidad era la trascendencia, la inmortalidad. Piensa que tal vez esta imagen activó instintos criminales en una mente perturbada. A su juicio, es posible que el asesino haya matado a Marina Dall por lo que ella representaba para él; una vida de lujos y excesos sin término. Con una base ideológica, podría tratarse de un criminal que se mueve por el resentimiento o por el odio de clase».

Me seguía pareciendo un montón de ideas relacionadas sin base.

Después miré la fotografía de Burtin. Era un hombre de piel morena y ojos negros, sagaces. Parecía menudo. Estaba sentado, hablando con aire intelectual, en la fotografía.

Devolví el móvil a Rose. La pillé mirándome.

—Eres extraña. En lugar de desear saber tu identidad, te has interesado por el caso de Marina Dall como si se te fuera la vida en ello. Además, esa pregunta que me hiciste de mi pasado. Eres muy extraña —repitió.

Tal vez no debí preguntarle por su época de escuela. Ahora la sentía algo distante. Y no era buena idea, porque hasta ese momento era la única persona con la que podía contar.

9

Rose se fue. Dijo que debía seguir una pista y que volvería en cuanto pudiera. Que no perdiera la paciencia.

Volví a mi celda. Tilda ya no estaba allí.

Me acosté y pensé en lo que Rose me había dicho, en las declaraciones del antropólogo. Por primera vez me pregunté si en realidad yo sería una asesina. No podía creerlo, pero algo de lo que había dicho Tilda quedó retumbando en mi cabeza. Algunas veces, uno no quiere recordar.

Me quedé dormida. El dolor en la cabeza comenzaba a ceder. Me despertó la voz del *sheriff*.

—Pues parece que es usted famosa después de todo. Ha venido a visitarla alguien que la conoce —dijo con esa entonación y dicción que tanto me molestaban.

Me levanté de un salto.

Dabbou venía acompañado de Rose y de una mujer que sabía que conocía. Recordé su nombre. Recordé que era mi amiga. Nada más. Era Anne.

—¡Alexis! ¿Cómo te sientes? —me preguntó Anne.

El *sheriff* abrió la reja y permitió que ellas dos entraran. Rose se quedó un tanto cerca de la puerta, pero Anne pasó y se detuvo junto a mí.

—Alexis. Te llamas Alexis Carter. Eres perfiladora criminal en Wichita. Trabajas conmigo. Antes trabajabas en Topeka, en un consultorio de terapia psicológica. ¿De verdad no recuerdas nada? —me preguntó.

—Nada. Lo siento. ¿Cuánto tiempo llevamos trabajando juntas? —pregunté.

—Varios años —respondió—. Ya tendremos tiempo para que te recuperes. Por ahora, lo importante es hacer frente a la situación. Vendrá alguien del FBI, el agente Gael McCabe. Al relacionarse un asesino serial con alguien de un Departamento de Homicidios, se abre la caja de Pandora —afirmó.

—¿Cómo has sabido quién soy? —pregunté a Rose. Creo que esperaba la pregunta. Dio un paso al frente.

—Tú misma me diste los datos básicos; portabas un arma que, por cierto, los policías no hallaron. Si no, todo hubiese sido más sencillo. No eras de aquí, hablabas de «Anne»; te hizo un llamado particular el lugar, Wichita. Y el resto fue fácil. La teniente Anne Ashton es famosa por su trabajo. Solo tuve que atar cabos y dar con una fotografía donde aparecía tu rostro junto con Anne y abajo la leyenda de tu nombre. Se relacionaba con un caso que entre las dos habían resuelto. Un mal asunto. En fin, llamé a Anne y de inmediato vino hasta aquí. Es todo —concluyó.

Noté que Anne Ashton estaba nerviosa. Miraba hacia afuera, a donde se había quedado el *sheriff*. Rose, quien era muy perceptiva, también lo notó y se hizo cargo. Fue a distraerlo mientras Anne se quedaba conmigo. Se acercó más a mí y me tomó del brazo. Cuando lo hizo, noté que algo iba muy mal. Estaba tensa.

—Dime, Alexis, ¿por qué te acusan de haber asesinado a Clara Holland? —me preguntó en un susurro. Era como si pensara que yo había matado a esa mujer.

10

—Yo no lo hice —le respondí.

—Verás, Alexis. Clara Holland tenía un pasado con Devin. Estaban liados cuando él vivía contigo. Era su amante. Tal vez pensaste que tuvo algo que ver con su asesinato.

«Otro asesinato», pensé.

—¿Quién es Devin? —pregunté.

Anne miró hacia afuera de la celda. Escuchamos pasos lejanos, como si alguien pasara frente a la sala en donde hablé con Rose más temprano.

—Devin Walsh, Alexis. ¿Tampoco lo recuerdas? —preguntó alarmada.

Negué con la cabeza.

—Alexis. No sé cómo vas a salir de esto. El FBI viene para atacarte justo en la yugular. Además, si ni siquiera puedes defenderte, si no recuerdas nada, esto va a ser un desastre —afirmó.

—¿Es que ese Devin también murió asesinado y lo dejaron con un velo sobre el rostro? — le pregunté.

—No —me dijo y sacudió la cabeza—. Lo que va a

pensar McCabe es que aprovechaste el caso que estabas investigando del asesino serial apodado el Velador, cuyas víctimas han aparecido en los estados cercanos de Kansas y Colorado, para copiarlo y matar a Clara Holland. De eso es que te acusarán. Saben que no puedes ser una asesina serial porque al menos cuando mataron a Bennet estabas conmigo, investigando muy lejos de Colorado.

«Eso ya es algo», pensé.

—Además, está lo de tus… capacidades. Eso no ayuda —dijo en un tono más bajo. Casi en un susurro.

—¿De qué diablos estás hablando? —le pregunté y entonces noté que tocaba una medalla que colgaba de su cuello.

—He debido alertar a la jefa Tonny de que no estabas bien y que necesitabas ayuda psiquiátrica. Después de todo, esa habilidad iba a resultar peligrosa tarde o temprano. Podía conducirte a saltarte la ley… —dijo sin importarle lo que yo le había preguntado. Parecía conducir un monólogo.

Después caminó hacia la salida. Pretendía dejarme allí. Entonces, la tomé por el brazo.

—¿De qué habilidades hablas? —insistí.

Debí resultarle amenazante, porque vi pavor en sus ojos. No me respondió.

—Está bien. No me lo digas. Pero hay algo que debes concederme. Si piensas que maté a Clara, también crees que no maté a los otros. Entonces, eso quiere decir que hay un asesino suelto y que si me imputan a mí los crímenes, si no creen en la coartada que me brindas o lo que sea, ese asesino quedará libre. Si de verdad eres tan buena policía y yo soy una buena perfiladora criminal, no querrás que alguien así salga impune. ¿O sí? —le pregunté.

Vi como mi lógica hacía efecto en su pensamiento. Lo noté en su mirada.

—Tendrás que ayudarme a salir de aquí y salvarme de esta trampa que me han puesto —insistí.

—¿Trampa? —preguntó.

—¡Claro! Trampa. Han dejado en mi poder los *souvenirs* de los cadáveres. ¿No lo ves? Alguien pretende culparme y tú debes decidir de qué lado te pones.

111

—Tienes razón —convino y luego pasó la lengua por sus labios. Parecían resecos—. Creías que era alguien que había sufrido una conversión crítica, alguien con una inteligencia mucho más allá de la media. Te orientabas a un nexo con la Universidad de Wichita y a una posición de estatus. Fuiste varias veces a hablar con Paul Burtin, con Gía Wood y con Fellbaum. ¡¿Es que no lo recuerdas?! —preguntó con signos de desesperación en su voz.

En ese momento se acercaron el *sheriff*, Rose y un hombre delgado de piel muy blanca y cabello oscuro. Llevaba barba corta. Tendría unos cuarenta años. Su nariz era algo prominente. Me pareció un sujeto implacable. Se detuvieron a conversar en voz baja a unos escasos metros de la entrada de la celda.

Anne me dijo algo en voz apenas audible.

—Creo que sabías algo más y nunca me lo confiaste. El doctor Fellbaum es oncólogo. Trataba a la primera víctima, Marina Dall. Creo que tenías una fijación con él. Además, ella, Marina, padecía de osteogénesis imperfecta; sus huesos eran, por así decirlo, de cristal. Eso para ti era importante porque el asesino destruye los huesos del cuello de las víctimas. La verdad es que no sé si era por eso, pero de todas las víctimas, te interesaba sobre todo la primera —me dijo, y luego se separó un par de pasos de mí.

En ese momento, vino a mi mente una ráfaga de imágenes. Ella, Anne, estaba dentro de un ataúd. También la vi riendo junto con unos niños, cerca de un lago o un río. Luego la vi hiriendo el cuello de una niña, pero no para hacerle daño, sino para salvarla. La niña perdía el aire en sus pulmones... Supe que Anne era una mujer decidida, valiente, de acción. Y también tuve la convicción de que era mi mejor amiga a pesar de que me creyera una asesina.

De repente se volteó, sacó un papel del bolsillo de su chaqueta y me lo entregó. Leí el contenido mientras ella se alejaba de mí.

«Paul Burtin, un profesor de arte y antropología de la Universidad de Wichita; la ingeniera aeroespacial Gía Wood, y el doctor Marc Fellbaum».

—Tienes que ayudarme a salir de aquí para poder atrapar a ese maldito, porque yo sé que no soy una asesina serial —le dije al tiempo en que aprisionaba el papel en mi mano.

Ella se detuvo al escucharme, no se dio la vuelta. Luego continuó avanzando. En ese momento, entraban Dabbou y el hombre desconocido. Más atrás pude ver a Rose con una cara que traslucía preocupación.

43

12

—El agente Gael McCabe, del FBI —dijo el *sheriff*.

El hombre se acercó y me estrechó la mano. Miré sus ojos. Eran grises, grandes, con forma almendrada.

—Detective Alexis Carter, me hubiese gustado conocerla en otras circunstancias —dijo.

Me extrañó tanto su comentario que no supe qué decir.

A Dabbou también le sorprendió. Lo presentí.

—Necesito hablar con usted en un lugar más tranquilo. Su abogada puede estar presente, si lo desea. Pero debe tener claro que no es preciso, porque no hablaré con usted como parte acusadora. Solo como una parte que necesita comprender, nada más —expresó—. Por otro lado, yo también he venido solo, y me gustaría que usted mostrara la misma deferencia —completó.

Rose Eastman, que iba a chistar, se detuvo porque levanté levemente la mano. Comprendió mi voluntad.

—Hablemos entonces —le dije.

Él hizo un gesto con la mano para que yo pasara primero. Lo hice. Luego me siguió. Detrás de él caminaba Dabbou y luego Rose. Anne ya se me había perdido de vista. Pensé que estaría esperando a Rose en algún lugar de la comisaría. Me pareció que le dolía mucho verme tal como estaba, sin recordar, pero que, a pesar de todo, deseaba ayudarme. Por eso tal vez había escrito el nombre de los sospechosos, por si no tenía oportunidad de hablarme sobre ellos. En el fondo, Anne debía saber que yo no era una asesina. Tomé conciencia de que todavía tenía su papel en mi mano y lo guardé en el bolsillo.

Cuando salí del corredor de las celdas, me detuve y me hice a un lado. Entonces, Gael McCabe continuó de largo y entró en la misma sala que yo antes había visitado con Rose. Donald Dabbou se quedó detenido frente a la sala, con los pulgares entre la tela del pantalón y la hebilla del cinturón.

Rose me dijo algo al oído:

—Si deseas interrumpir la conversación con el agente en cualquier momento o deseas que entre, me avisas. Estaré aquí mismo —alertó.

Le agradecí y entré en la sala. McCabe cerró la puerta. Me señaló una silla. Me senté y lo miré, expectante.

Él puso su mano en el cuello, en la parte de atrás, y movió la cabeza de un lado a otro. Estaba tenso. Luego subió la cabeza, estirando el cuello. Vi los músculos y su manzana de Adán. Me pareció atractivo. Me reprendí por pensar eso. Ese hombre debía ser mi enemigo, y de los más peligrosos: los que al principio no lo parecen.

Se sentó frente a mí y me observó durante un par de segundos.

—Este lugar es desesperante. ¿Lo ha visto? Es como si el tiempo se hubiese detenido en él. Es demasiado tranquilo —expresó.

«Pretende demostrar simpatía», me dije.

—No he tenido mucho tiempo para verlo —respondí.

—Entiendo. Padece usted un tipo de amnesia, según me

han informado. Además, afirma no haber matado a Clara Holland a pesar de que fue hallada en la escena del crimen, con ciertos objetos en su poder, pertenecientes a las víctimas anteriores del Velador. ¿Voy bien? ¿Es correcto lo que digo? —me preguntó.

Su dicción era perfecta, pero en ese momento lo que me pareció más terrible era su tranquilidad, su frialdad. Al menos con el *sheriff* Dabbou sabía a qué atenerme. Dabbou quería acusarme; no había misterio. Era antipático y no se esforzaba en ocultarlo. Pero con el agente Gael McCabe las cosas eran diferentes. Y peores.

13

—Las cosas no pintan bien para usted, Alexis —afirmó.

En ese momento se abrió la puerta. No sé, pero sentí que algo me salvaba del suave y envenenado McCabe. Era Rose.

—¡Lo tengo! ¡La prueba de que no has sido tú quien asesinó a Clara Holland! El diablo está en los detalles, y eso siempre lo he sabido. Me hablaste de que tomaste un coche y un autobús. Eso me confundió un poco. Pero seguí adelante...

McCabe se quedó de una pieza. Yo también.

Rose tenía la extraña particularidad de meterse tanto en su papel que olvidaba cosas tan elementales como las normas de cortesía. Ni siquiera había tocado a la puerta. Ahora había entrado sin más y continuaba hablando sin parar.

—Entonces me pregunté si el lugar del crimen de Clara era su residencia habitual. Eso ya debían saberlo los policías. No era así. Su residencia habitual era en Topeka, así que me dije: ¿y si la venías siguiendo desde Topeka por algo en relación con la investigación que adelantabas sobre el Velador? Busqué tu historial. Anne me ayudó a confirmarlo. Eras psicoterapeuta en Topeka.

—Sí. Eso lo sabemos. Allí debió conocer a Clara y también conoció a un agente llamado Devin Walsh —intervino McCabe.

Parecía haber perdido un poco de su frialdad.

—Exacto. Entonces, si Alexis fue a buscarla a casa en Topeka, tal vez hubiese un registro de su tránsito. ¿Y adivinen qué? ¡Lo hay! No me explico cómo es posible que las autoridades de Lusk no hayan reparado en esto. He reconstruido el viaje de Alexis saliendo de Wichita a Topeka, Cheyenne, y luego a Lusk. A la hora en la que asesinaron a Clara Holland, en su cabaña en Lusk, Alexis fue grabada por una cámara de la autopista interestatal entre Topeka y Denver. No hay duda. Es el coche de Clara, pero es Alexis quien lo conduce. Es imposible que haya matado a Clara porque no pudo estar en dos lugares a la vez. Alexis Carter viajó en su coche desde Wichita a Topeka, y luego en Topeka tomó el de Clara. Eso retrasó su llegada a Lusk. Fue Clara quien viajó antes y de seguro lo hizo en autobús, por alguna razón que no comprendo. Llegó a su casa vacía y allí se debió de encontrar con el asesino. Luego debió llegar Alexis…

—¿Y cómo ha logrado saber todo eso? ¿Es que tiene acceso al sistema de videovigilancia antiterrorista o algo similar? —peguntó el *sheriff*, que había escuchado las palabras de Rose desde afuera y en ese momento apareció en escena.

—He tenido ayuda de alguien. Es verdad. Y no tengo que revelar de quién. Aquí en mi móvil está el video de la carretera. Y pueden comprobarlo con las fuentes que deseen —culminó Rose.

«¿A qué ayuda se refería?».

Gael McCabe se levantó y salió de la habitación. Hizo una llamada. Pude verlo porque la puerta de la sala permanecía abierta.

Anne apareció. Me levanté. Me abrazó y me pidió disculpas. Estaba afectada. Yo también la abracé con fuerza. Sabía que era mi amiga.

McCabe volvió y, con un móvil en la mano izquierda, le pidió a Rose ver el video en el móvil de ella. Rose se lo mostró. Luego lo enviaron a alguna parte desde el teléfono de McCabe.

—Pues habrá que comprobar todo eso, sin duda —afirmó Dabbou un tanto contrariado, sin saber muy bien a dónde mirar ni qué hacer.

—Compruebe todo lo que quiera —respondió Rose—. Me quedaré con mi clienta hasta que lo haga, y cuando ya no le quede más remedio, tendrá que admitir que alguien la golpeó en la cabeza y luego preparó lo del árbol para que pareciera que lo había hecho ella misma. Que alguien le puso una trampa y dejó en su poder los objetos de las víctimas. Y que ustedes han sido tan incautos que han caído como niños tontos. Mi clienta ha dicho la verdad, y lo que no ha podido decir es porque no lo recuerda, producto del traumatismo que ha padecido. Es una víctima y no una asesina serial —aclaró.

Todo eso sucedía, y yo me sentía como en una nube, como si no fuera protagonista de mi propia vida. Rose me defendía con fiereza; alguien le había enviado un video salvador; alguien me había puesto una trampa. Muchos «alguien» en torno a mí y yo no me enteraba de nada.

Entonces, dos palabras surgieron en mi cabeza: la oscuridad.

¿Qué demonios significaba eso? ¿Por qué aparecían imágenes y palabras de repente dentro de mi cabeza?

49

14

Me liberaron.

Tuvieron que hacerlo a la mañana siguiente. Esa noche dormí un poco más tranquila.

Nada más apareció en mi mente.

Solo recordaba a Rose y su perfecta actuación a mi favor, aunque no tenía idea de por qué había tomado el coche de Clara en Topeka y por qué había ido a parar a Lusk.

Antes de salir me entregaron mis pertenencias.

Tuve la impresión de que faltaba algo, pero no logré saber qué. Me dieron las llaves de un coche, que supuse era el mío, aparcado en Topeka, y las llaves de un piso que debía pertenecerme también. Y nada más.

Vi al hombre que a mi juicio tenía ascendencia en las decisiones del *sheriff*, a Marc Taberner, antes de dejar la comisaría. También a la mujer que había visto antes. Al menos, aquella mañana había más personas dentro de la edificación. Una mujer que parecía cumplir funciones de limpieza y otra que se encargaría de labores administrativas. Las dos se me parecieron mucho entre ellas. Como si fueran hermanas.

—Aquí nunca sucede nada, ¿verdad? —le pregunté a Rose, que estaba a mi lado.

—Nada. Y mucho menos como lo que ha pasado con Clara —afirmó.

Cuando crucé la puerta de salida de la comisaría, sentí que volvía a nacer.

Era la mañana del 11 de octubre. Una mañana soleada y algo fría. Me detuve y miré hacia atrás, a la edificación.

—El *sheriff* me ha dicho que seguirán investigándote. Es tan torpe... No sé por qué me lo dice... —mencionó Rose.

—Tal vez quiera que me sienta vigilada —propuse.

Entonces, me di la vuelta y miré hacia la calle.

—Lo encontré hablando con Gael McCabe. Escuché lo que decían. Que continuarían tras de ti porque pudiste tener un cómplice para contar con esa coartada del video de la cámara de seguridad.

Sabía que, para el inclemente McCabe, yo era culpable.

—También escuché que dijo que averiguaría todo tu pasado.

No lo dudaba.

—¿Quién te envió el video? —pregunté.

—La verdad es que no lo sé. Simplemente, apareció en mi móvil el mensaje. Me di cuenta de que era auténtico.

En ese momento llegó Anne. Apareció caminando por la calle que se abría paso ante nosotras.

—Hola, Rose. Hola, Alexis.

La saludé.

—He pensado que lo mejor es que nos quedemos una noche en este lugar. Aunque no recuerdes nada, te conozco, y querrás investigar. Además, necesitas descansar de verdad en una cama y tomar una ducha. Ya lo he hablado con la jefa Tonny. Está de acuerdo. Mañana podemos partir a Wichita.

Iba a preguntar quién era la jefa Tonny, pero me contuve.

En realidad, Anne tendría que invertir muchas horas poniéndome al tanto de todas las cosas y personas que no recordaba. Ya me encontraba libre, pero no del todo. Solo volvería a serlo cuando recobrara mi memoria. Cuando lograra recuperar mi vida.

Miré la calle. En ese momento, el pueblo me pareció invadido de una claridad violenta, amarilla y muy brillante. Además, entre las edificaciones había mucho espacio. Una casa rodante pasó delante de nosotras y un chico que miraba por la ventanilla me hizo una mueca.

—¿Tú dirías que este pueblo es hostil? —pregunté a Rose sin saber muy bien por qué.

—No diría que tanto. Se trata de un pueblo de trescientas casas habitadas, a lo sumo, donde la voz del *sheriff* es la voz de Dios. Además, este, así como muchos otros poblados pequeños del corazón montañoso y árido del país, años atrás disminuyó hasta casi la inexistencia de la fuerza policial. Eso ya te lo he dicho, y eso hizo que las autoridades que permanecieron se convirtieran en extremo discrecionales. Puede que eso sea lo que percibas, pero no tiene que ver con los residentes en realidad —dijo Rose como justificación.

—Sí. Puede que sea eso lo que percibo —reconocí.

Pero tenía la sensación de que había algo más.

—Está bien, Anne. Quedémonos un día —acepté—. Quiero recobrar mi vida y atrapar a la persona que me ha hecho esto. Me han puesto una trampa al culparme y borrar mi memoria, y voy a descubrir por qué. Todavía soy detective del Departamento de Homicidios de Wichita, ¿verdad? —pregunté, mirando a Anne.

Ella asintió.

—Es lo que ustedes me han dicho que soy, y voy a seguirlo siendo —afirmé mientras miraba a la calle desolada.

PARTE II

1

«LA GRANDEZA PROVIENE de la felicidad y no del éxito material».

Eso pensaba la persona que estaba a punto de cometer su segundo asesinato. «¿Por qué le resultaba tan difícil a la gente entender eso?», se cuestionaba al tiempo en que tocaba a la puerta de la casa a la que llegaba.

Miraba el edificio que una vez fue blanco, lleno de ventanas y columnas delgadas, y el techo rojo ladrillo que lo hacía destacarse ante el cielo celeste. Un gran edificio, cuyos lados estaban arropados por la sombra de una fila de altos abedules doblados por el viento, que parecían ser una advertencia sobre la inmundicia humana que albergaba aquella casa.

Entró y caminó sobre piedritas grises, que crujían, como las que hay en la orilla de los ríos. Había césped muerto a los dos lados del camino. Había hileras de rosales muertos, de colores quemados, haciendo figuras geométricas sobre el terreno. Y los cadáveres de palmeras que todavía se veían explayadas como abanicos españoles. Además, había unas cercas de hierro y unas esculturas antiguas, hechas de piedra, de las que tienen apariencia de esponjas marinas.

«Un orden muerto y rígido con perfume de elitismo», pensó la persona que estaba a punto de volver a asesinar.

Recordó un parque al que solían llevarle, pero aquel estaba lleno de gritos y de vida, y esta casa llamaba a la muerte y la destrucción. Recordó el silbido del herraje de los columpios, ese silbido fino que después no se pareció a ningún otro sonido que pudo escuchar el resto de su vida. Esto, en cambio, era el patio de las ausencias, parecido al de un asilo.

«La gente puede creer que los manicomios son escandalosos, pero no es cierto. Son vacíos y silenciosos, como cavernas», se dijo porque esa casa le recordaba la institución mental donde murió su madre.

Avanzó. Tocó a la puerta. Esperó. Vio unos bancos a lo lejos. Se imaginó a unas niñas sentadas en uno, y que ellas le observaban desde allí, satisfechas por lo que estaba a punto de hacer. Más allá, a unos cuantos metros del área de los bancos y las rosaledas muertas, vio una estructura de techo verde y paredes color café, como un castillo en miniatura, con molduras en yeso muy vistosas y una torrecita puntiaguda a un lado. Donde se levantaba un ángel con las alas abiertas, en el medio y arriba. Y debajo de él, podía leerse en letras doradas: «Villa Magdalena». Parecía un lugar de juego para niños, para niñas. Se imaginó a una muchacha salir de la puerta de aquella casa del ángel. Aparecía justo debajo de la puerta. Iba vestida de traje largo, negro y rosa, con perlas que colgaban y daban varias vueltas, y que podían verse desde lejos. Esa chica en su imaginación le dijo:

«Solo envíalo al juicio final y eso será lo mejor, aunque nadie se imagina la cantidad de sangre que puede haber en una persona. Será nauseabundo…».

Eso dijo, y se dio la vuelta para irse corriendo hacia la

parte posterior de la casa. Sus zapatos levantaron una nube de un polvo imaginario que llegó a su nariz. Fingió recibir un olor a caramelo. Recordó aquellos de leche y envoltorio dorado que llevaban a casa los vecinos y que su padre botaba, porque eran «el camino a la perdición».

La puerta se abrió.

—¡Hola! Es maravilloso tenerle aquí —dijo el hombre con un vaso de *whiskey* en la mano.

—Para mí es un honor —respondió la persona—. ¡La maravillosa Villa Magdalena! ¡La construcción más hermosa de Flagler, de todo el condado de Kit Carson! —completó.

El anfitrión se apartó para que entrara. Cuando lo hizo, cerró la puerta.

La visita esperó a que el anfitrión marcara el paso. Lo siguió, llamándose a la calma, y comenzó a embargarle la convicción de que se enfrentaba a un enorme problema: la fortaleza física de él debía ser mayor que la de Marina, sin duda. Aquella era un insecto de cristal. Este, una cucaracha rastrera.

Se fijó en que la ropa que tenía puesta no parecía ser suya. O tal vez sí lo era, pero ese hombre antes debió contar con menos kilos. Esa pequeña imperfección de su vestidura fue violenta. Le vino a la cabeza la imagen de la carpa de un circo de esos harapientos que cuentan con payasos tristes. Nunca le gustaron los payasos.

—Estaremos mejor en el salón —anunció el anfitrión y, acto seguido, dobló a la derecha para acabar en una sala que mostraba muchos muebles empolvados y cierto desorden de botellas vacías y a medio andar sobre una mesa.

La persona entró en el salón y, al hacerlo, sintió el zumbido de una abeja sobre su cabeza. Quiso apartarla con la mano, pero se cohibió. La abeja imaginaria le rozó la sien e hizo un ruido similar al de una máquina. Sabía que esa invención era una señal de los dioses que indicaba que al culpable se le había acabado el tiempo. Las abejas eran almas que descendían a los infiernos, como haría el único ocupante de esa residencia.

—¿Nos sentamos? —preguntó el dueño de casa.

—Por supuesto —respondió la persona.

Lo hicieron. La persona miró las paredes mientras el hombre servía más *whiskey* en su vaso.

Encontró colgando varias mariposas disecadas con las alas abiertas; castañas, amarillas, negras. Sonó un timbal. Un ruido metálico. Provenía de la fricción de un anillo que el hombre tenía en el dedo medio con el vaso de *whiskey*. Algo debía significar eso. Otra llamada de atención para que lo matara lo más rápido posible.

—¿No es muy grande esta casa como para vivir aquí solo? —preguntó la visita.

—Me las arreglo. Tengo mis distracciones —respondió el anfitrión con un dejo de malicia en su rostro.

La persona no comprendió a qué se refería, pero no le gustó su comentario.

«¿Cómo podía distraerse un hombre como ese?».

—¿Y bien? ¿Lo ha traído? —preguntó.

—Sí. Está en mi coche. Solo quería confirmar que no se arrepentiría —manifestó.

—Pues búsquelo —dijo el anfitrión.

La persona le pidió que se quedara allí sentado y aguardara. Fue al coche y sacó un maletín, y lo llevó consigo. Volvió a entrar a la villa. Puso el bolso de mano a sus pies, lo abrió y sacó el mismo martillo con el cual había atacado a Marina. Inspiró profundo y se encomendó a los dioses. Caminó despacio y sin hacer ruido. Cuando llegó al umbral del salón, vio la cabeza y el cuello de Bennet. Era la parte trasera del bicho. Se aproximó y, cuando estuvo lo suficientemente cerca, le propinó un golpe rotundo que lo dejó inconsciente y tendido en el suelo. Antes de caer, tumbó la botella de *whiskey* y el vaso del que bebía. Dos piezas de hielo fueron a dar muy lejos, cerca de la pared de las mariposas muertas.

La persona se aproximó con una furia ciega a la cabeza de Bennet y apuntó a su cuello. Golpeó y golpeó hasta que se le acabaron las fuerzas. Luego siguió el mismo ritual que con Marina, pero esta vez llevó consigo la tela que le cubriría la cara y el cuello.

2

CAMINAMOS en dirección al hotel que Anne había buscado.

Se llamaba The Misty Valley. Nos dijo que estaba a escasos diez minutos. Anduvimos por una calle más pequeña que la que transitaba frente a la comisaría.

En ese momento, una mujer de unos treinta años salía de una de las calles perpendiculares. Venía corriendo. Se tropezó conmigo. Su rostro mostraba que había llorado. Entonces, tuve otra visión. Vi una mano masculina levantándose y golpeándola. La mujer recibía los golpes, intentaba defenderse, pero él era más fuerte.

Ella no se detuvo al tropezarnos y continuó.

Me di cuenta de que Rose la conocía. Parecían de la misma edad. Pero por algo no la saludó.

—¿La conoces? —le pregunté.

—Sí. Estudió conmigo en la escuela.

Algo en su tono me dijo que no habían sido amigas. Tal vez fuera de las que hicieron muchos esfuerzos por resaltar «las rarezas» de Rose.

—Él la golpea —dije.

—Lo sé. He tratado de ayudarla, pero no quiere que nadie se inmiscuya en su vida.

—¿Quién la golpea? —preguntó Anne.

—Su pareja —respondió Rose.

Continuamos caminando hacia una edificación de color celeste que destacaba entre las casas a su alrededor.

—¿Cómo lo supiste? ¿Que Harold la golpea? —me preguntó Rose, extrañada.

—No lo sé —respondí, sincera.

—Piensa como policía. Una mujer que viste como si no trabajara, que a todas luces viene de su casa y está alterada: lo más lógico es pensar que ha tenido un problema doméstico. Es solo deducción —razonó Anne.

Sin embargo, su razonamiento no era del todo convincente.

Rose se quedó pensando.

Llegamos a la puerta del hotel, que resultó ser esa edificación celeste que veíamos desde lejos. Me despedí de Rose Eastman. La abracé.

—Si no hubiese sido por ti, ahora estaría encerrada y con el agua al cuello. Ninguna de ellas vale lo que vales tú. Tanto que haces lo posible por ayudar incluso a la gente que no te ha tratado muy bien. Y siempre lo harás. La justicia para ti importa. Siempre voy a estarte agradecida —le dije mirándola de frente.

Vi un brillo distinto en su mirada. Se supo comprendida en su esencia.

—Sabía que eras una buena persona, Alexis Carter —respondió y sonrió.

Después se despidió de Anne y regresó por la vía que nos condujo hasta allí.

Cuando Anne consideró que ya no podía escucharnos, entonces me dijo:

—A eso me refería con tus habilidades, tus capacidades. Algunas veces eres capaz de comprender mucho más que cualquiera lo que otra persona está sintiendo. Eso en tu profesión es oro, pero algunas personas pueden cuestionar tus métodos de investigación. Con la jefa Tonny estás segura. Nunca cuestionaría tu valía en el Departamento. Ni Rossy ni Lilian. Nadie…

Anne seguía hablando, pero yo me había quedado prendada de una palabra que había pronunciado:

«Valía». «Mi valía».

Había alguien en mi pasado que me pedía que siempre confiara en mi valía. Era desesperante no poder poner rostro a esa persona querida.

—¿Estás bien? —me preguntó Anne—. Parece que has visto un fantasma —completó.

3

LE PEDÍ a Anne que en cuanto me bañara me llevara a la escena del crimen de Clara. Ella sabía que iba a pedirle eso. Me dijo que en mi habitación había dejado una muda de ropa y un móvil, que también compró para mí. Anne había pensado en todo. Quedamos en vernos en el término de dos horas. Subí a mi habitación y lo primero que hice fue meterme en la bañera. Allí dormité.

Luego salí del baño y me vestí.

Me senté en la cama y tomé el móvil que Anne me había dejado. Me conecté en el Wifi del hotel y busqué mi correo electrónico. Actuaba por instinto sin saber muy bien los caracteres que escribía en el usuario y la contraseña. Sin saber cómo, logré acceder a mi cuenta. Revisé lo enviado, lo recibido. Era una forma de conocerme antes de recuperar por completo mi memoria.

Entonces, el título de un correo me llamó la atención:

«Resguardo de perfiles de sospechosos. Caso el Velador».

Lo abrí.

«Paul Burtin. Sin coartada. Hombre inteligente, con

formación suficiente para construir sistema de símbolos como los de las escenas de los crímenes. Deseos de figuración pública. ¿Crianza? Indagar. Preguntar a Rossy».

«Gía Wood. Sospechosa. Ingeniera aeroespacial. ¿Sin aviones? Serios problemas económicos. Casada con un hombre que maneja a su antojo. También busca escapar de la prisión que ella misma se ha creado al dibujar su imagen como una profesora de la universidad. A la vez, se cree muy lista».

«Marc Fellbaum… no me cuadra. Preguntar a Rossy. Volverlo a visitar».

Eso era todo. Lo leí una y otra vez. Decidí volver a ello luego.

Encontré a Anne en una pequeña sala comedor que había en el hotel. Me tomé un café y pedimos unos sándwiches de atún. En cuanto comimos, salimos.

Anne tomó el coche, que había aparcado cerca, y nos enrumbamos a la casa de Clara.

Durante el trayecto, percibí que mi compañera no estaba tranquila.

—¿Todavía crees que soy culpable, tal vez porque, como dijiste antes, necesito apoyo psiquiátrico? —le pregunté. No me contuve. Necesitaba que el clima entre nosotras se relajara.

Era como si dentro de Anne hubiese una lucha interna. Pensé que aún la asaltaban las dudas de si yo había sido capaz de asesinar a la antigua novia de Devin Walsh, porque tal vez comprendí que Clara tuvo algo que ver con la muerte de ese hombre, que parece que yo amaba. Hay cosas de Anne que no acabo de comprender. La incondicionalidad de Rose para conmigo no existía en ella y debió también estar allí.

—No. Ahora no lo creo —me respondió.

—¿Alguna vez te hablé de algo llamado la oscuridad? —le pregunté.

Desvió la mirada del camino por un segundo. Me miró a mí, luego volvió a ponerla al frente.

—No. Hablabas de una secta o algo así. De un grupo criminal que has sentido cerca en muchos momentos y creo que pensabas que tuvo que ver con la muerte de Devin. No sé, tal vez la llamaras así en tu fuero interno, pero a mí nunca me la mencionaste —afirmó.

Asentí. Lo que decía era posible. Tal vez no le contara todo a mi compañera, y mis razones tendría para no hacerlo.

Después me habló sobre la necesidad de hacerme pruebas médicas para saber a qué atenerme en cuanto a la amnesia que padecía y a su causa.

—Tienes razón —convine—. Hasta este momento, supongo que se trata de una de tipo disociativa y temporal, o por trauma emocional, pero en Wichita me veré —completé.

—Hay esperanzas porque en tu cerebro aparecen recuerdos, aunque inconexos —apuntó ella.

—Además, poseo algunas certezas. La convicción de que no soy una asesina, por ejemplo. Pero soy incapaz de recordar por qué fui a Topeka, por qué tomé el coche de Clara y vine hasta acá.

—Tampoco sabemos por qué Clara vino a dar a Lusk, presumiblemente en autobús. Según Rose, las referencias de la cabaña es que estaba descuidada y en desuso. Su domicilio, después de todo, era en Topeka. Yo creo que tú hablaste con ella, con Clara, y fue ella quien te dijo que fueras a su casa en Topeka. Por alguna razón, no me lo dijiste a mí. Luego, ya en su casa, no la encontraste porque ya ella había tomado camino hacia acá, así que tomaste su coche. No tengo idea de la razón. Y entonces te dirigiste aquí. Según lo que ha dicho Rose, eso parece ser lo que sucedió, pero no sabemos por qué —concluyó.

—Son muchas incógnitas —completé.

—Poco a poco, amiga. Cuanto más te presiones, puede que más tardes en recuperar tu memoria —dijo y miró con atención el espejo retrovisor.

La vía estaba desierta.

—Supongamos que fue así como dices. Entonces, Clara tenía que saber quién era el Velador. Tanto que él terminó asesinándola. Yo debí llegar tarde. ¿Crees que lo vi a la cara? ¿Que cuando recupere la memoria sabré quién es? —le pregunté.

—Es posible que sea así, Alexis —respondió.

Intuí que había llegado a la misma conclusión que yo. Que estaba en peligro porque el asesino sabía que podría reconocerlo.

—¿Sucede algo? —le pregunté.

Noté que volvió a mirar el espejo retrovisor.

—Me parece que un coche, desde hace minutos, viene tras nosotras.

EL COCHE EN CUESTIÓN DESAPARECIÓ. Debió tomar alguna de las intersecciones que pasamos. Anne se calmó.

Llegamos a la cabaña de Clara Holland.

Era tal como la recordaba en medio de la fragmentación de mi mente. Las mismas horrendas cortinas que parecían hechas con piel de animales. Intenté buscar un parecido de ese lugar con el lugar de mi sueño, pero no lo conseguí.

Recordé cómo había visto a Clara sobre el sofá.

—Sabes, Anne. Este lugar lo recordaba, pero tengo un falso recuerdo. A Clara Holland la vi tendida en este sofá, sin ningún miembro amputado. La vi vestida de rojo, sin velos ni manos cortadas. Estaba como si durmiera, aunque yo sabía que estaba muerta. ¿Por qué la habré visto así? —pregunté al aire en medio de aquel salón de aire viciado.

—No lo sé. ¿Estando aquí no se te ocurre nada más? —me preguntó.

Miré los objetos, las puertas, las ventanas. Y el ciervo. Allí estaba con los ojos vidriosos. Sentí una enorme tristeza de repente.

—Este lugar me hace sentir mal, muy mal. Creo que tengo que salir a tomar el aire —le dije a Anne y acto seguido salí de la cabaña.

Anne me siguió.

Respiré profundo. Un olor a eucalipto, muy fuerte, me inundó y me hizo bien.

Miré un árbol con un tronco muy robusto. Recordé lo que Taberner y Dabbou habían dicho, que yo misma me había golpeado la cabeza con el tronco de un árbol. Me acerqué a él. Vi su corteza. Intenté recordar algo, pero fue en vano. Todo dentro de mí estaba en blanco.

Anne continuaba siguiéndome.

—¿Quieres irte al hotel? —preguntó.

—Sí. Creo que aquí no lograré aclarar nada —asentí.

El viaje de vuelta lo hicimos en silencio. Estaba agotada y creo que Anne también. Había sido un día largo. Al atardecer, llegamos al The Misty Valley. Tomé camino a mi habitación y me despedí de Anne. Al otro día partiríamos a Wichita, pero pasaríamos por Colorado para visitar la escena del crimen de Charlie Bennet.

En la habitación, leí los expedientes de las víctimas en el móvil y vi las fotos de las escenas y los reportes de las autopsias. Anne me los envío en formato electrónico a mi *e-mail*. No podía dormir. Necesitaba sacar algo en claro porque pensaba que así también recuperaría mi vida, mis recuerdos. Allí descubrí que Clara era dueña de un pequeño local de comida en Topeka. Ya Anne había actualizado su caso como el cuarto del Velador.

Entonces, sucedió algo extraordinario.

Recibí un SMS de un remitente llamado NSV10. Me pareció extraño ese nombre. Lo abrí. Se trataba de un mensaje del asesino, del Velador. «Son diez los tipos que hay que aniquilar. Tu visita a la cabaña de Clara hizo que comprendiera que hay que estar preparado para todo, para recibir las señales y actuar en consecuencia. Ahora eres parte de mi historia y yo de la tuya. Si te preguntas qué significa la mano tendida, piensa en las personas que odias».

Salté de la cama y llamé a Anne mientras daba vueltas en la habitación. Ella no me respondió la llamada. Escuché ruidos afuera, en el corredor. Salí del cuarto. Vi la sombra de un hombre al final del pasillo y la puerta de emergencia batiéndose a su paso.

Lo seguí, llegué a la puerta de emergencia y me asomé por la escalera auxiliar. No logré ver nada. Bajé veloz por la escalera y llegué hasta la calle. No había nadie. Escuché pájaros nocturnos. Uno en especial que significaba algo para mí, pero no di con qué. Solo me dije algo extraño:

«A mi abuela no le gustaban porque le parecían de mal agüero».

Intenté recordar más sobre ella, ponerle un rostro siquiera a mi abuela, pero no lo logré. Solo obtuve la imagen de unas manos cariñosas y un nombre: Denisse.

Volví a la habitación, pensando que había exagerado, que el hecho de que hubiese alguien en el pasillo no significaba nada especial, y que debía acallar esa especie de sensación de persecución que parecía haber nacido en mí. No solo en mí, también en Anne. Pero cuando llegué a la habitación, me di cuenta de que no era una sensación nuestra. Era una realidad. ¡Alguien había revuelto todo buscando algo!

Me detuve ante el caos, el desorden.

Las almohadas rotas, la sábana desenfundada, la ropa sucia revuelta. Miré mi mano sin pensarlo. Sin explicación, tenía la certeza de que lo que buscaban era un anillo y un péndulo que alguien me había regalado, y que para mí tenía mucho valor.

«¿Dónde estaba?».

«¿Me lo había quitado el asesino, al igual que mi arma y mi móvil?».

«¿Por qué era importante para mí y para quien había estado allí?».

Busqué a Anne, inspeccionamos las cámaras de seguridad del hotel. Las del piso cuatro estaban desactivadas. Ese era el piso donde estaba mi habitación. Pero en otro piso, en la tercera planta, vimos en las grabaciones el ingreso a una habitación, a través de la escalera de emergencia, de alguien que conocíamos.

Era el agente Gael McCabe.

6

—¿Qué estará haciendo aquí? —preguntó Anne cuando estábamos de vuelta al cuarto piso.

—Puede que nada. No debe haber muchos hoteles en Lusk, pero también puede que esté vigilándome. Él cree que soy culpable —respondí.

—¿Crees que nos haya seguido a lo de Clara? —preguntó Anne, preocupada.

—Es posible —dije. En efecto, lo creía.

Nos despedimos.

Un chico muy risueño se encontraba en mi habitación haciendo la cama y sustituyendo las almohadas desechas. Esperé a que terminara el servicio y se fuera.

Cuando estuve sola en la cama, mirando al techo, recordé el mensaje del asesino. Lo referente a la mano, y a que pensara en alguien que odiara. Eso me decía que ese detalle de la mano abierta hacia arriba tenía que ver justo con alguien que él odiaba. ¿Su madre? ¿Su padre? Mataba hombres y mujeres por igual. Llevaba dos hombres y dos mujeres en su haber. Tal vez las manos de uno de los dos eran las herramientas de maltrato infantil.

«¿Por qué me había escrito?».

Porque sin duda había establecido un vínculo conmigo. Lo que debió suceder fue que llegué a la cabaña de Clara cuando aún, él o ella, no se había ido. No tuvo nada mejor que hacer que golpearme y culparme de las otras muertes, dejando los objetos inculpadores. Pero ¿por qué los cargaba consigo? Eso sí que era extraño. ¿Y por qué no me asesinó a mí también?

El Velador se estaba convirtiendo en un sujeto incomprensible para mí.

De repente, sentí mucha sed. En la habitación no había agua, pero el llegar al hotel vi una máquina dispensadora de refrescos, agua y café.

Pensé en bajar por una botellita de agua con gas.

Subí al ascensor pensando en el significado de la mano de los cadáveres. Estaba dándole vueltas a eso cuando se abrió la puerta y allí estaba, frente a mí, Gael McCabe.

Entró.

Las puertas se cerraron.

No dijo una palabra.

Cuando el aparato se detuvo en la planta baja, salió y también se dirigió a la máquina dispensadora.

Me molestó que fuéramos al mismo lugar. Parecía que no iba a poder deslastrarme de ese hombre, por el momento.

Escuché una canción de The Cars que parecía provenir de un pequeño bar junto a la recepción.

«*Who's gonna tell you when/ It's too late?*».

Esa canción podría tener al menos cuarenta años de creada, y hacía muchísimo tiempo que no la escuchaba. ¡Era increíble que estuviera segura de eso, pero no recordara siquiera cómo era mi piso! Mi cabeza era un remolino, un cataclismo.

—No te da la impresión de que en los pueblos el tiempo es diferente. Igual oyes a Frank Sinatra como si estuviese cantando una canción de estreno que una de Elvis. El tiempo es distinto, no como es en realidad —dijo Gael McCabe al tiempo en que tomaba una botellita de café frío de la máquina dispensadora.

—Tal vez el espíritu de los pueblos no esté tan obsesionado por escuchar lo nuevo y se conforma con disfrutar la música de cualquier época sin más —le respondí.

Él se apartó para permitirme a mí accionar la máquina.

—Alguien entró en mi habitación —le dije y esperé su reacción.

—¿Qué podría querer? —preguntó con una expresión extraña.

—Lo que fuera, no lo encontró. No tengo nada conmigo —afirmé.

—Se ve que esa persona no lo sabe —contestó—. Es una lástima que las cámaras no funcionen —dijo.

Luego tomó camino hacia afuera del hotel y yo lo hice hacia el ascensor.

No me gustaba McCabe.

Tuve la seguridad de que había sido él quien entró en mi habitación. Tal vez buscaba pruebas de mi culpabilidad. Entonces, fue cuando tomé conciencia de que la trampa que el asesino me puso solo había fallado gracias a la grabación que alguien le envió a Rose Eastman.

«¿Quién lo había hecho?», me pregunté.

7

Apenas amaneció, Anne y yo tomamos camino a Colorado para visitar la escena del crimen de Charlie Bennet. Le conté lo del mensaje del asesino y hablamos de la mano amputada.

—Está en posición de fragilidad, hacia arriba, como en actitud de entrega o confianza. Con la palma hacia abajo, indicaría rechazo. El asesino quiere decir algo con la mano así extendida, como quien espera y quien confía... —sugerí.

Anne asintió.

—Debemos analizar los hechos de la vida de las víctimas. Por algo las escogió a ellas, siendo tan diferentes y sin nada en común. Creo que las odiaba, a todas y a cada una. Eso fue lo que quiso decirme con ese mensaje. Quiere expresar su odio hacia esas personas. Un odio que justifica, que quiere exhibir, que considera adecuado —argumenté.

»Una diseñadora de interiores de Wichita —continué—; un empleado bancario de Wichita, Garrow; un heredero venido a menos de Colorado, Bennet; y Clara, una dueña de un local de restauración sin pretensiones, en Topeka.

—Esa era una de las cosas con las que te devanabas los

sesos. Te preguntabas qué tenían en común las víctimas y si el asesino las conocía personalmente. Pero por sobre todo, te interesaba más Marina Dall. Nunca supe por qué —me confesó Anne.

Llamamos a Rossy García. Me dijo Anne que ella era una parte fundamental del equipo, que las redes y el mundo virtual no tenían secretos para ella.

Escuché su voz por el altavoz del móvil. Me pareció que la apreciaba como a una hermana menor. Pero tampoco pude ponerle cara. Me dijo que se alegraba un montón de que estuviera bien y que tanto ella como la forense Peterson y Juliet Rice estaban deseando que volviera. Sus nombres no me dijeron nada. Yo continuaba en la oscuridad en relación con mi pasado.

Nos despedimos de Rossy indicándole que debía intentar descubrir de dónde había salido el correo que el asesino me envió.

—Nunca vinimos a la escena de Bennet, ¿verdad? —pregunté de pronto. Ya llevábamos como una hora de camino.

—No lo hicimos. A la de las otras dos víctimas, la de Marina y la de Garrow, sí que fuimos. Ambas están en Wichita. En Colorado tuvimos el apoyo de las autoridades y nos enviaron toda la información. Creías que el asesino vivía en Wichita y yo también. Hasta ese momento, solo Bennet se salía de su campo de acción —me respondió.

Para mí era lo mismo. Tampoco recordaba haber visitado las otras escenas. Solo las había visto en las fotos de los expedientes.

Por fin llegamos al condado de Kit Carson. Allí, en Flagler, se hallaba la villa de Bennet. Cuando nos dirigíamos a su casa, vi en la carretera un anuncio desvencijado de una fábrica de enlatados de granos de maíz. Sus colores estaban desvaídos, casi no podían distinguirse las figuras. Me acordé de McCabe y su reflexión sobre el tiempo en las zonas rurales y dispersas.

—¿Tienes idea de quién envió el archivo a Rose? ¿El que te exculpó? —preguntó de repente Anne. En ese momento, también abrió la ventanilla del coche. Un olor a ganado y a trigo nos invadió.

—No lo sé —respondí. Me provocó ser más enfática y recordarle que no sabía casi nada de mí misma, así que mucho menos sabría algo como eso.

—Yo creo que sí lo sé —me dijo, sorprendiéndome.

Fue la primera vez que la vi sonreír.

—Estoy esperando… —la animé a continuar.

—Sebastian Haussmann, se me ocurre… —sugirió—. Ya sé. No lo recuerdas tampoco. Eso puede partirle el corazón. Está coladito por ti —afirmó.

—¿Por qué dices que ha sido él? ¿Quién es?

—Un agente de Asuntos Internos. Desde un caso bastante extraño que resolvimos te anda rondando, y hasta se ha mudado a Wichita. Además, es amigo de Lilian Peterson, nuestra forense —explicó.

Registré esa información en mi memoria.

Al cabo de un rato más, llegamos a las afueras de Flagler, por donde había que tomar para aproximarnos a la casa de Bennet. Vimos la edificación. Era imponente, aun descuidada como estaba.

—Charlie Bennet era un hombre arruinado. Padecía alcoholismo y era un jugador empedernido. Un hombre de excesos, perteneciente a una familia conocida por sus riquezas pasadas, creo que derivada de la producción de alimentos industrializados. Vivía solo, era divorciado. Su exesposa y su hija viven en Denver —recordó mi compañera.

Continuamos adentrándonos en un camino que se abría entre dos grandes extensiones de monte y malezas. La propiedad se encontraba un poco apartada de las demás casas de la vía. Llegamos hasta una rotonda, donde estacionamos el coche. Ya nos encontrábamos en la propiedad de Bennet. Nos bajamos. Pisé las piedritas grises que cubrían el suelo. Escuché el crujir, la fricción entre ellas al recibir mi peso. Sentí náuseas que no pude frenar. Di varios pasos hacia la maleza que se hallaba en una especie de jardín frontal de la casa.

Vomité.

Anne permaneció a mi lado.

Percibí una atmósfera de maldad. Una ira contenida. No dije nada a Anne. No solo era confusa la sensación, sino toda mi identidad. No me gustaba percibir esas cosas tan nubladas, tan inexplicables. Me pregunté por qué no podía ser una persona normal y por qué me sucedía eso. Sin embargo, estaba segura de que en esa casa había algo malo, o lo hubo.

Inspiré profundo y volví la cabeza hacia atrás para que me diera el aire. Hacía frío aquella mañana. Anne me preguntó si ya había pasado. Asentí. Miré hacia el lado izquierdo de la casa. Vi varios bancos de piedra. También una especie de casita de juegos con un ángel arriba, tenía las alas extendidas. Cada vez más aquello me parecía perverso.

Ni siquiera el ángel se salvaba de esa impresión. Entonces, tuve una visión muy extraña con un nivel de detalle impresionante.

Estaba llegando a esa casa, a esa villa de tamaño descomunal. Yo sabía que ese lugar antes había sido un internado. Atravesé el gran patio frontal. Junto a mis piernas y antes de una jardinera, había un canal de agua donde vi una flor hundida. Su sombra flotaba. Un gato gris, con la cara negra, intentaba atrapar la sombra. Solo conseguía mojarse la pata. La corriente volvía a mover la flor real en el fondo, y el animal volvía a mover la pata, intentando atraparla, sin atender a su propio fracaso.

Después me vi cruzando hacia la derecha para llegar a la puerta principal. Justo al lado de ella, había una mesa de patas anchas y una silla. Una chica vestida de negro estaba sentada allí, portando un maletín entre sus piernas. Tenía el codo apoyado en la mesa. Vi el encaje de su falda y detrás las hojas, las piedras y las espinas de la pared de la casa. Había una arboleda justo detrás de ella. Entonces levanté la mirada, y vi un largo pasillo marcado por columnas delgadas, adornadas con canales. Un corredor repleto de niñas, vestidas todas de manera elegante. Una de ellas dibujaba o escribía algo. Me fijé que en el suelo de ese pasillo se veían los cuadritos minúsculos que se proyectaban por la sombra que producían las ventanas de la casa, repletas de cristales. Aparecieron de la nada otras alumnas internas, tres o cuatro. Caminaban en línea recta. Vistas de reojo, parecían un gran invertebrado uniformado. Miré sus muñecas y todas llevaban las mismas pulseras con dijes, y eran como el que Rose me había mostrado, el que pertenecía a Marina Dall. Una de las chicas dejó caer un papel. Vi el trayecto descendiente, la danza completa, hasta llegar al piso. Cayó en el cuadro negro del suelo, aunque pensé que iba a hacerlo en el blanco. Lo recogí y leí su contenido: «Las abejas son almas infernales».

Vi todo eso como si estuviera sucediendo allí, en ese lugar.

Escuché la voz de Anne:

—¿Todo está bien? No hemos debido confiar en Dabbou. Según él, te hicieron todos los exámenes de rigor y no encontraron nada malo en tu cabeza después del golpe. Pero seguro que tú no lo recuerdas, y tal vez ni siquiera te examinaron a consciencia…

«¿Qué podía significar esa extraña visión que tuve sobre esa casa y esas chicas?».

Eso era lo que quería saber. Lo de mi cabeza lo vería luego.

8

—¿Esto antes fue un internado? —le pregunté a Anne.

—No lo sé —me dijo—. ¿Qué te hace pensar eso? —completó.

—Es una casa muy grande —alcancé a decir.

Continuamos el camino hacia la puerta. Allí se encontraba un policía. Anne informó de nuestra visita y había obtenido la cooperación del condado. El policía le pidió la autorización a Anne, y cuando comprobó que todo estaba en orden, nos dejó ingresar en la villa.

La atmósfera de ese lugar estaba viciada.

Los objetos, empolvados.

Recorrimos un pasillo y luego fuimos a dar a un salón, donde se halló el cuerpo de Charlie Bennet. Había una mesa llena de botellas. Recordé que en la fotografía de la escena vi un vaso roto en el suelo.

Imaginé el cadáver de Bennet en el piso, su brazo amputado, su mano también.

¿Dejaría entrar al asesino? En él tampoco había señales de

lucha. Me inclinaba a pensar que sí lo conocía y le había permitido el paso.

—Este hombre no tiene ni una fotografía de su única hija. Es extraño —apunté.

Anne miró alrededor.

—Era un pobre heredero —respondió con desdén.

—¿Quién crees que odiaría a un tipo así? —le pregunté. Deseaba conocer su opinión.

—Cualquiera —me respondió.

Luego caminó hacia una ventana que estaba cubierta con una gruesa tela de tono oscuro.

Miré los cuadros en la pared, que contenían mariposas disecadas. Luego observé las botellas de licor. Me pregunté si quien lo asesinó había tomado algún trago con él.

En ese momento, el móvil de Anne sonó. Ella miró quién llamaba y salió del salón en dirección a la puerta. Yo me quedé dentro. Entonces, noté que algo brillaba en el suelo. Era algo minúsculo pero muy brillante. Lo tomé. Era un trozo de cristal. Me pareció extraño que algo así se les pasara a los forenses. Luego una ventana se abrió. Supongo que por una ráfaga de viento. Este hizo que una pequeña esfera negra que descansaba en la estantería sobre la chimenea cayera y comenzara a rodar hasta detenerse ante la pared de las mariposas.

Eso me hizo mirar el suelo. Justo donde se detuvo la pelotita había algo extraño. Una especie de desnivel inusual, de rendija, que bien podría ser parte de la imperfección propia de un piso de madera construido mucho tiempo atrás. Sin embargo, me acosté en el suelo para comprobarlo. Miré al ras del suelo y noté una zona levantada. Algo que podía corresponderse con una trampilla.

Llegué hasta allí y busqué alguna forma de levantarla. No lo logré. Entonces, miré alrededor. Había un atizador junto a la chimenea que no parecía empolvado, como el resto de los objetos. Lo tomé. Introduje la punta entre la ranura que me había parecido sospechosa en el suelo y ejercí presión.

La madera se levantó. En efecto, era una trampilla.

Miré hacia abajo. No se veía nada. Solo oscuridad.

—¿Qué...? —comenzó a decir Anne al volverse y ver el hallazgo.

Desenfundó su arma. Yo no tenía la mía. Ella tomó la delantera. Yo encendí la lámpara del móvil y alumbré su paso. Miramos hacia abajo las dos. Había una escalera. También silencio. No parecía haber nadie allí. Supuse que era un escondite, un área de secretos de la villa de los Bennet. Era una casa antigua, tal vez en la época de la prohibición allí guardaran mercancía.

Anne comenzó a bajar. Yo la seguía y desde atrás iluminaba su camino.

Cuando estuvimos abajo, comprendimos que ese lugar era una especie de cuarto de trastos. Cajas de madera, muebles rotos, cuadros, lámparas. Un conjunto de objetos domésticos, antiguos.

—Un lugar para los trastes, aunque eso sí, muy escondido —reconoció Anne al momento en que guardaba la Glock.

—Eso parece —convine.

Entonces lo vi. Un vestido negro igual al que apareció en mi visión. Y un maletín idéntico al que la chica que aparecía en esta tenía cerca de sus piernas. También vi una revista infantil que mostraba en la portada un gato gris y negro que miraba un arroyo y una flor.

Toqué el vestido. De repente, una sensación de claustrofobia me atacó, feroz. Mi frente perlada, mi cuello frío. Me faltaba el aire. Las muñecas comenzaron a arderme. También los tobillos.

—¡Tengo que salir de aquí antes de que él vuelva! —exclamé.

—¿Antes de que quién vuelva? —me preguntó Anne.

—No sé por qué he dicho eso. Aquí hubo mucha desesperación —afirmé.

Solté el vestido y toqué el maletín.

—Esto es de Cameron —dije porque tuve esa certeza irracional.

—¿Crees que aquí han encerrado a alguien? —preguntó Anne, intentando traducir mis palabras, mis intuiciones.

Asentí.

Entonces, pareció creer en mí. Con su móvil, empezó a alumbrar el lugar y se dio cuenta de que una pared parecía falsa. Lo pensó porque en la parte inferior había una rendija minúscula. Me llamó la atención sobre eso y entonces la empujamos, la tocamos con nuestros nudillos. En efecto, resultó ser una puerta. La abrimos y encontramos algo espeluznante.

9

Era un lugar de encierro.

Había un colchón en el suelo, lleno de sangre seca. También herramientas de hierro oxidado. Una botella de ginebra tumbada junto a la cama. El olor era nauseabundo.

Anne exclamó algo. Luego la luz que desprendía su móvil se balanceaba porque lo estaba manipulando para llamar a alguien.

—Llamaré a las autoridades locales —dijo.

En ese momento, escuchamos pasos arriba.

Alguien descendía.

Permanecimos alerta.

Yo fui la primera en reconocerlo. Era el agente Gael McCabe.

—¿Qué está haciendo aquí? —preguntamos Anne y yo al mismo tiempo.

—Las he seguido, y al ver que permanecían mucho tiempo en este lugar, decidí entrar para ver qué sucedía.

Esa fue su explicación.

—¿Qué diablos es esto? —preguntó mirando el colchón y las piezas oxidadas.

—Creo que Bennet tenía una cara monstruosa oculta —respondí.

Anne informó a las autoridades sobre lo que encontramos.

McCabe y yo nos quedamos mirando el colchón, las manchas que parecían de sangre. Yo imaginaba los horrores que allí pudieron suceder.

—¿Hay alguna chica llamada Cameron desaparecida en la zona? —pregunté a McCabe.

—¿Por qué? —me respondió con una pregunta.

No le dije nada.

—En el Buró se investigan unas desapariciones en Colorado y Wyoming. Se apunta a la comprobación de la existencia de personas de la zona que coinciden en la comisión de acciones ilícitas con una pseudofilosofía, desde 1930, desde la Gran Depresión y la Prohibición. Renegados que se oponían a seguir las leyes que limitarían sus excesos; alcohol, drogas, sexo violento con chicas extranjeras a quienes nadie extrañaría. Puede que hoy otros lo sigan haciendo. Se han encontrado algunas pruebas de que las han estado trayendo, a chicas de Ciudad Juárez y otras zonas de la frontera sur, y también del norte. Es posible que lo hagan con discreción y con el apoyo de algunas autoridades corruptas. Antes de desplazarme hasta aquí, me han reportado este asunto para que estuviera al tanto —culminó.

Me pareció sincero. También que había confiado en nosotras al contarnos todo eso.

—Pues parece que Charlie Bennet, y puede que su padre, si las prácticas son de hace años, han estado metidos en esta monstruosidad —sentenció Anne.

Lo que acababa de decir McCabe se correspondía con la sensación de desesperación que yo había experimentado, de claustrofobia. No podía entender cómo, pero tenía la convicción de que al menos una chica llamada Cameron había pasado un infierno en ese lugar.

—Vámonos de aquí. Toda esta maldad me enferma — manifestó Anne.

—Cameron. ¿Has dicho Cameron? —preguntó McCabe en voz más alta.

Un segundo después, escuché un débil sollozo. Se me puso la piel de gallina. Era un sonido aterrador. Gutural.

Los tres lo escuchamos. Volteamos en dirección a donde creímos se produjo. Era un rincón cercano al colchón. McCabe actuó con rapidez. Apartó el colchón y tocó la pared con los nudillos. Luego tomó una de las herramientas que habíamos visto y la golpeó con ella. La rompió.

Lo primero que vi fue su ojo, almendrado, sin brillo.

¡Allí había alguien, tapiado en vida!

La habían despertado nuestras voces, tal vez al escuchar su propio nombre, y apenas pudo emitir un audible sonido que le salvó la vida.

La siguiente hora se nos fue en sacar a la chica y subirla a una ambulancia. Me dijeron que se salvaría. Al verla partir, sentí emociones encontradas. Por una parte, tristeza y rabia. Por otra, me percibí como alguien que hace justicia, que logra la diferencia. Si no hubiese sido por mí, no la habríamos encontrado.

Tuve entonces la convicción de que eso era lo que me movía, que esa era mi esencia, aunque no recordara nada más de mi vida. Podría ser que con eso fuera suficiente por el momento. Me aferraría a esa sensación como a la luz de un faro en plena tormenta. Así como lo hizo Rose Eastman, que había creído en mí sin dudar. Yo también debía empezar a hacerlo, y si para ello debía aceptar esa cosa confusa que eran mis capacidades, así lo haría.

10

LA CASA de Bennet fue analizada por un equipo forense. Anne y yo aguardamos a que llegaran y luego nos dirigimos al hospital de Flagler con la intención de hablar con la chica que rescatamos en cuanto se pudiera. Tal vez ella hubiese visto al asesino de Bennet, siendo su cautiva. La jefa Tonny estableció con el jefe de la comisaría de Flagler un acuerdo de cooperación. Después de todo, el caso del Velador era nuestro.

Cuando estábamos esperando en los pasillos del Hospital General de Flagler, ya nos habían comunicado la identidad de la víctima del secuestro: Cameron Clutier, una chica con varios arrestos por delitos menores y sin familia en el país.

«Alguien a quien nadie extrañaría», pensé.

Estaba deshidratada y había sido sometida a abuso constante, pero se salvaría.

McCabe también fue al hospital.

Cameron Clutier residía en el condado de Niobrara, en una ciudad cercana a Lusk, y por ello el *sheriff* Donald

Dabbou también llegó al hospital junto con su inseparable Marc Taberner.

Me pareció inusual que Dabbou y Taberner viajaran hasta Colorado por el caso de Clutier. Percibí además que Taberner estaba muy interesado en saber el estado de Cameron Clutier. Cuando estaba pensando en eso, un enfermero nos avisó que Cameron había despertado.

Anne y yo entramos a la habitación para verla. Ella nos agradeció por haberla encontrado. Recuerdo que levantó su mano en señal de que nos acercáramos. Quería darnos las gracias, estrechándonos la mano y viéndonos de cerca.

Dabbou y McCabe se quedaron atrás y nos observaron. Me di cuenta de eso. También que Taberner no se acercó a la habitación.

Yo le tomé la mano a Cameron y le sonreí. Ella me dijo que desde hacía tres meses estaba en cautiverio, y que Bennet había asesinado antes a otra chica cuando ella llegó. Me contó que la enterró en la vieja fábrica de enlatados de su familia. La fábrica se llamaba Corn Sweet, y cuando lo dijo, recordé aquel anuncio publicitario de carretera, desvencijado y casi sin color que vi antes de llegar a la villa Bennet. Se trataba de la misma fábrica, ahora convertida en una instalación fantasma. Cameron dijo que se hallaba cerca de un cementerio. Lo sabía porque lo escuchó decirlo a «otro hombre». Desconocía quién había matado a Bennet, ni siquiera sabía que estaba muerto. Simplemente, desde hacía unos días había dejado de bajar al lugar donde la tenía secuestrada. Por fortuna, en el agujero donde estaba amarrada le había dejado una botella de agua al alcance y gracias a eso ella sobrevivió.

Aunque no recordara mi vida, sabía que el agradecimiento de Cameron era de las mejores cosas que me habían pasado, y sabía también que no lo olvidaría.

Salí del hospital junto con Anne, llevándome esa convicción.

Estaba atardeciendo. Decidimos volar al día siguiente a Wichita. Buscamos un hospedaje cerca del aeropuerto de Denver.

Esa noche, me disponía a descansar. Haber salvado a Cameron fue algo maravilloso para mí, la diferencia.

Pero antes de quedarme dormida recibí una llamada de Gael McCabe. Me dijo que un equipo especializado encontró los huesos de al menos tres mujeres más en la fábrica abandonada de la familia Bennet. También pronunció las palabras «Gracias a ti».

Me informó que continuarían la investigación y que esperaban que los hallazgos en la casa de Bennet sirvieran para avanzar.

Gael McCabe era un hombre que tenía respuestas para cada cosa que le preguntaba.

En esa conversación telefónica, me dijo:

—Una cosa era analizar a las personas como víctimas de un asesino serial y otra era investigarlo como un asesino serial.

Tenía razón en eso. Quedaba por saber si Bennet actuaba en solitario o si pertenecía a un grupo que continuaba, con toda la discreción del caso, cometiendo los mismos delitos. Le pregunté por qué dijo que esos monstruos conservaban una «pseudofilosofía». Me aclaró que eran personas que justificaban sus actos, en parte, con aspectos religiosos. En dos palabras, argumentaban que en el sometimiento de los débiles aumentaba la fortaleza de los fuertes, y que era mandato divino ser fuerte. Quise saber si se habían hallado escritos que soportaran esas ideas o evidencias de prácticas de violencia. Me respondió que sí. Que habían hallado unos escritos en una casa abandonada en Wyoming, que según los expertos databa de, al menos, cuarenta años atrás. Me costaba creer en tanta maldad.

—Pero tal vez Bennet actuaba en solitario. No podemos descartarlo. De todas formas, el Buró se encargará de esto —me aclaró.

Fue cuando le hice una confesión.

—No creo que actuara en solitario. Cameron escuchó decir a Bennet lo del enterramiento de la chica muerta en la fábrica porque se lo dijo a «otro hombre». Sé que mi cabeza no está funcionando bien en este momento. Ni siquiera sé muy bien quién soy. Pero soy capaz de reconocer cuando alguien actúa de manera sospechosa. Tal vez le doy demasiadas vueltas a las cosas y divague un poco… Es igual. Lo que quiero decir es que el acompañante del *sheriff*, Taberner, ha tenido sumo cuidado de no presentarse ante Cameron, y a la vez la suficiente motivación para enterarse de su estado.

—¿Lo estás acusando solo por esa actitud esquiva en el hospital? Las personas se adaptan a los contextos, y en un pueblo puede que la amabilidad o las buenas formas urbanas no sean tan necesarias —me respondió.

Sin embargo, sé que se quedó pensando en lo que le dije. Había sembrado la duda en él, y era lo que buscaba. Tal vez la comunicara al Buró y ellos investigarían a Taberner.

—Una última pregunta, Alexis Carter. ¿Cómo supiste el nombre de Cameron en el sótano de la Villa Bennet?

—Escuché que una chica con ese nombre había desaparecido —mentí.

Tuve la impresión de que no me creyó. Pero no insistió. Se despidió y cortó.

Comencé a ver a Gael McCabe con otros ojos. No como mi perseguidor, sino como alguien interesado en lo mismo que yo.

Comencé también a contar con un nuevo impulso, a

disfrutar de mi trabajo. No podía imaginar lo que habían sufrido esas mujeres en cautiverio, pero al menos a una de ellas la habíamos salvado.

Supe también que la prensa había reseñado en la edición nocturna que gracias a dos detectives del Departamento de Homicidios de Wichita se había salvado la vida de una mujer, y por supuesto, también que Charlie Bennet poseía su propio cuarto de los horrores. Eso había sido un escándalo mayor que el de su asesinato en manos del Velador. Incluso algunas personas opinaban en las redes que la forma como murió la tenía bien merecida.

Me dormí y descansé, pero a las cuatro de la mañana y siete minutos me desperté de repente con una duda en la cabeza:

«¿El asesino mataría a Charlie Bennet porque sabría que era un monstruo?».

Tal vez fuera por eso que me dijo algo como que la clave estaba en el odio, ¿y quién no odiaría a Charlie Bennet si supiera lo que hacía? Pero Marina Dall no era tan monstruosa, ni Garrow, por lo que sabíamos. Pero era posible que aún no conociéramos esa cara oculta que las otras víctimas también podrían haber ocultado.

PARTE III

1

LA PERSONA MIRABA la pantalla de un ordenador.

Veía a una mujer de entre treinta y cinco y cuarenta años.

Rubia, con mirada inteligente.

Era la detective Alexis Carter, perfiladora criminal, reconocida por su excepcional trabajo analizando las mentes criminales.

Eso decía la noticia que la persona leía.

Entonces, recordó cuando ella llegó a la cabaña donde acababa de asesinar a Clara.

Aquello había sido un designio de los dioses. Un regalo para que cumpliera su misión de manera perfecta.

La persona comenzó a escribir varias notas en un cuaderno.

Tendría que aplicar toda su habilidad para que Alexis Carter no descubriera su identidad y, a la vez, aplicar todo su ingenio para escribirle otro mensaje.

Esa persona se sintió, más que nunca, como un elegido.

Así se consideraba ahora en relación con su misión de asesinar.

Le maravilló la intensidad con la cual había puesto en algo la esencia de su vida, su interioridad. Y le dio gracias a los dioses porque nadie lo había descubierto. Sobre todo, esa gente que siempre fue la vaciedad que vigilaba…

Se explicaba que no se podía amar las cosas solo un poco, así como el jardinero de alma no puede olvidarse de las flores y dejarlas sin agua. Si la misión, de acuerdo con las revelaciones y a lo cerca que Alexis Carter se aproximara a su espacio, incluía el asesinato de la detective, bienvenida sería esa nueva muerte, ese sacrificio. Después de todo, cuanto más amplia era la fe, más exigentes serían los sacrificios…

Eso pensaba la persona.

Luego recordó las manos de Marina, las de Garrow, las de Bennet, las de su madre:

«Esa, la más egoísta de todos…».

Ese ser mitológico y hermoso que ocultaba una serpiente. Siempre en actitud de petición, de entrega falsa e interesada, esa asesina repugnante.

Recordaba sus manos blancas y delicadas, extendidas como pidiendo un abrazo.

Dejó de pensar en ella.

Se mordió los labios. Y un viejo tic volvió a su cuerpo. Eso le pasaba cuando algo le desagradaba. No se había enterado de que Bennet era un asesino serial.

Eso le recordaba su falibilidad. Tal vez a ver su misión con humildad.

Dejó de morderse los labios, guardó la libreta de notas. Se miró en un espejo que había en su cuarto y practicó varios saludos, varios movimientos. Nadie podía sospechar. Y mucho menos Alexis Carter.

2

Apenas amanecía aquel día del 13 de octubre. Nos encontrábamos sentadas a la mesa en una pequeña terraza de desayuno que daba a la calle del hotel. Este se hallaba en las afueras de Denver, a unos pocos minutos del aeropuerto.

—¿Cómo has dormido? —me preguntó Anne antes de llevar la taza humeante de café a sus labios.

—He descansado algo —le respondí—. ¿Crees que el asesino sabía lo que hacía Bennet? —le pregunté a Anne.

En ese momento, me pareció que la chica que acababa de traer mi café se había quedado esperando la respuesta de mi compañera. Supuse que sabía quiénes éramos, y lo que hacíamos allí, porque recordé la noticia de la prensa. Podría decirse que éramos famosas por haber salvado a Cameron, aunque en la noticia no aparecieran nuestros rostros. La gente en ciudades y pueblos pequeños siempre ha contado con estrategias efectivas de información, y puede enterarse de muchas cosas. Además, en el hotel sabían nuestros nombres.

Anne esperó a que la chica se fuera. Se había dado cuenta de su interés también.

—No lo sé. Las otras víctimas no han mostrado en su vida nada parecido —respondió—. No creo que hayan sido asesinos en vida. Aunque uno nunca sabe. Y el mensaje que el asesino te envió parece indicar que las víctimas son personas dignas de odio. He pensado en cuanto a eso. Nada nos garantiza que ese extraño remitente, ese tal NSV10 sea el asesino o asesina. Tu caso, el de haberte encontrado en la cabaña de Clara, lo conoce la prensa. Alguien podría estar haciéndose pasar por él. No da ningún detalle en especial de los asesinatos. Lo de la mano amputada también se sabe —argumentó Anne.

Tenía razón, pero yo tenía la impresión de que sí era un mensaje del asesino.

—Pero es cierto que nadie conoce realmente lo que hay oculto en la vida de las víctimas, y también podrían haber sido malas personas. Mira que con Bennet nadie supo lo que en realidad era. De verdad, poco se sabe de lo que son capaces las personas… —afirmó y luego calló.

La notaba extraña.

Ni siquiera sabía cómo era Anne Ashton en realidad, porque no lo recordaba, pero tenía la convicción de que estaba preocupada. Supuse que era por mí. Nadie en su sano juicio me permitiría continuar trabajando en el Departamento de Homicidios de Wichita si no recobraba mis recuerdos. Tal vez Anne se estaba anticipando a lo que sucedería cuando llegáramos a Wichita y me enfrentara a la jefa Tonny.

Tomé la taza de café, y cuando iba a comenzar a beberlo, Anne me detuvo, poniendo su mano sobre mi brazo.

—¿No le pondrás azúcar? Siempre lo haces —afirmó.

Luego pareció arrepentirse de haberme dicho eso, como si al hacerlo volviera a poner el dedo en la llaga, a recalcar mi terrible situación. No contar con memoria es de las peores cosas que pueden pasarle a alguien. Es como estar dentro de una balsa a mar abierto y no saber de dónde se viene ni a dónde se va.

—No lo sé. No lo recuerdo —le respondí—. Pero creo que hoy no deseo poner azúcar —completé. Ella sonrió. Escuché el desplazamiento de un coche veloz que pasaba por la calle de la que nos separaban pocos metros. Nuestra mesa era la más cercana a la vía. Junto a nosotras había una pareja joven y un niño pequeño, sentados desayunando. Algo me hizo observarlos. Tal vez el pelo dorado y rizado del chico. Me pareció bonito. Me pregunté si sería porque me recordaba algo.

—Te he engañado. De un tiempo a esta parte no ponías azúcar en tu café. ¿Ves? En alguna parte de tu cabeza lo sabes todo, es solo que tienes como una niebla en medio que no te deja ver las cosas que están allí —afirmó Anne y luego se quedó mirándome mientras se tomaba el café.

—¿Qué crees que pasará conmigo? —le pregunté.

—Que recordarás todo de un momento a otro —me respondió.

—Ahora que dices lo de la niebla, justo pensaba que mi situación es como si estuviese en altamar sin saber ni mi puerto de salida ni de destino, pero la verdad es que es más que eso. Es como has dicho tú: es como esa situación, pero rodeada de una espesa niebla… —reconocí.

Entonces, Anne cambió la entonación que había mostrado hasta ese momento y tocó el borde de su taza. Dijo cuatro palabras con una voz muy grave.

—La amabilidad del viajero.

No comprendí.

—«Vivimos todos, en este mundo, a bordo de un navío zarpado de un puerto que desconocemos hacia un puerto que ignoramos; debemos tener los unos con los otros la amabilidad del viajero». De Pessoa, el poeta portugués —completó—.

Lilian me regaló un libro suyo en mi cumpleaños. Me dijo que estaba segura de que iba a gustarme, y tuvo razón —sentenció.

Ya me había hablado de Lilian Peterson, la jefa forense.

Yo no la recordaba.

Anne me miró y descubrió mi extravío. Esa niebla que caía sobre mí, cada vez se hacía más espesa.

Lo que sucedió luego fue muy rápido. De repente, hubo unos gritos, un ruido y lo último que recuerdo de ese instante fue el sonido del intento de una frenada.

Un coche se desplazaba justo hacia nosotras. Iba a atropellarnos.

3

Se detuvo a menos de medio metro de donde estaba nuestra mesa.

—¡Pero qué diablos…! —comenzó a decir Anne.

Recuerdo que antes de que el coche se detuviera, y que nos diéramos cuenta de que estábamos a salvo, pensé en lo que había pasado en mi habitación, en la forma como la habían revuelto. También en la celda donde desperté. Era como si estuviese siendo perseguida, vigilada. Como si alguien se hubiese obsesionado conmigo. El asesino, pero no solo él. Algo más grande. La oscuridad era como la respuesta a lo que pensaba, y no sabía por qué. Dicen que cuando uno corre peligro, ve su vida completa en menos de un segundo. Yo no pude hacer eso porque no la recordaba. Solo pude condensar esos momentos que me hacían sentir en la mira de alguien. Pero por ahora parecía que el peligro había pasado. Que había sido un accidente.

El conductor salió del coche, puso sus manos en la cabeza y comenzó a vociferar. Vi sus ojos enrojecidos y un hilito de saliva brotando de sus labios.

La chica que nos sirvió el café fue una de las que gritó. Ahora había perdido los nervios y se movía como un pollo sin cabeza.

—¡Está loco! ¡Casi me mata! ¡Casi nos mata! —reclamaba y se movía sin ton ni son. Parecía que bailaba una danza teatral.

El niño de la mesa cercana comenzó a llorar. Sentí el roce de la piel de Anne, quien, creo que en un acto irreflexivo, apartó una azucarera de la mesa porque le pareció que estaba muy cerca del borde, y al hacerlo, se encontró conmigo. En mi mente apareció una frase mientras escuchaba el llanto del pequeño, como escrita con letras de color brillante y rojo:

«Los niños son frágiles».

—Lo siento… No sé cómo ha podido suceder. He perdido el control del coche y salí de la vía. ¡Lo siento tanto! ¡Nunca me había pasado nada igual! No sé qué…

—¡Que se ha quedado dormido! ¡Eso es seguro! —dijo el padre del chico y se abalanzó sobre el conductor. Se trataba de un hombre grande; alto y corpulento.

Anne se levantó con rapidez. Yo también lo hice.

—¡Iba a matar a mi hijo! ¡A mi familia! —continuaba exclamando el hombre. El conductor parecía aturdido y lo miró como si reconociera que debía ser castigado. El padre del chico lo tomó por el cuello de la camisa y lo atrajo hacia él.

Anne dijo con autoridad:

—¡Suéltalo ya! ¡Soy policía!

El conductor, espantado, la miró. El otro sujeto se quedó inmóvil. Desde donde estábamos Anne y yo, solo podíamos verle de espalda; su cuello ancho; sus músculos tensos. Yo continuaba escuchando el llanto del pequeño. Alguien recogía un objeto del suelo, tal vez una silla caída debido a la conmoción.

Anne se acercó a los hombres.

El padre del chico pareció tomar una decisión. Soltó al conductor, pero luego, como movido por algo más fuerte que él, levantó el puño derecho. Iba a golpearlo. Entonces, Anne lo abordó por detrás e inmovilizó su brazo.

—¡Le he dicho que soy policía! No empeore las cosas. No ha sucedido nada —le dijo ahora con autoridad, pero también como intentando hacerlo entrar en razón.

De pronto, algo me hizo mirar hacia la mesa donde se hallaba el pequeño. La madre estaba tan impresionada con lo que sucedía entre su pareja y el conductor que descuidó la atención al niño. Todos los presentes habían concentrado la mirada en torno al conductor como si nada más existiera.

«Los niños son frágiles…», me repetí.

¡Eso era! ¡La fragilidad que impone, aunque sea por un segundo, la falta de supervisión necesaria a esas edades! El chico había comenzado a caminar hacia la vía, por donde transitaban los coches a velocidad. Corrí hacia él.

¡Tenía que salvarlo!

Escuché una exclamación y un grito ahogado.

—¡No! ¡Detente, Dave! —gritó la madre.

Corrí, y el pequeño ahora reía. Parecía feliz de haberse liberado de los brazos de papá y mamá, corría justo hacia su muerte. ¡No podía ser!

Logré alcanzarlo y tomarlo en mis brazos antes de que sus pies pisaran el pavimento.

Un camión pasaba muy cerca de nosotros, el aire que dejó a su paso levantó el pelo encrespado del pequeño, que reía a carcajadas. Pude sentir el latido de su corazón, su pulso, y escuché su risa. Para él había sido como un juego. Nunca supo que estuvo a punto de morir arrollado.

Yo no sabía cómo funcionaba mi cabeza, pero sí la intuición que parecía haber en ella. Si los avisos que resplandecían como frases en mi subconsciente me ayudaban a salvar vidas como la del pequeño Dave, podría soportar esa horrenda niebla que me envolvía.

4

Salimos del hotel y nos dirigimos en taxi al aeropuerto de Denver. Durante el trayecto, nos mantuvimos en silencio. Creo que Anne se sentía culpable por haber considerado que era más importante calmar al iracundo padre de Dave antes que notar los peligros a los que se exponía un niño sin supervisión.

Una vez en el aeropuerto, rompimos el silencio.

—Tienes hijos, ¿verdad? —le pregunté. Mi subconsciente parecía guardar esa información.

—Dos niños —me respondió.

Le conté lo de la frase en mi cabeza. Lo de la fragilidad. Ella se me quedó mirando.

—¿Qué pasa? —le pregunté. Me pareció demasiado extrañada.

—No creas que adivinas el futuro, Alexis. Lo que sucede es lo que ha sucedido siempre. Tienes una capacidad empática que te permite darte cuenta de cosas que los demás no notamos. Estoy segura de que, aunque estuvieses hablando conmigo en esa mesa, te diste cuenta de que el chico no contaba con la supervisión necesaria, que sobre él podía pesar cierta negligencia. Y ahora, pensándolo bien, de seguro es así: un padre violento y una madre que tal vez debe haber soportado maltrato por parte de ese hombre fornido. Ese es un cuadro propicio para distracciones peligrosas y para avivar la «fragilidad» del chico. Uno siempre nota las cosas luego, pero no antes, como lo haces tú. Yo solo pensé que ese hombre había reaccionado mal ante la amenaza del conductor, que a todas luces se durmió conduciendo, y que casi nos mata —reconoció.

—Sí. Tienes razón. También puede ser que las personas nunca consideramos que dos eventos peligrosos pueden sucederse uno tras otro. Como si ya con el casi atropellamiento de ese coche directo a nuestra mesa nos hubiésemos visto «salvadas» de otro accidente que pudiese ocurrir a nuestro alrededor. Como si dos accidentes similares no pudieran pasar de forma sucesiva. No sé si me explico… —dije no muy convencida de hacerlo.

—Creo que sí lo haces. Te refieres a algo como la creencia de que un rayo no cae nunca dos veces en el mismo sitio, aunque en realidad sí puede hacerlo. Y eso me pone a pensar que algo similar ha pasado con Charlie Bennet. Como si el hecho de que fuera una víctima del Velador anularía el otro hecho de que fuera un asesino él también.

Me resultó curioso que Gael McCabe me haya dicho algo parecido. Asentí.

Transcurrieron algunos minutos, cerca de media hora. Abordamos el avión con destino a Wichita.

Noté a Anne tensa al momento del despegue.

Cerré los ojos. Me sentía cansada.

—Deberías verte la cabeza al llegar a Wichita —me sugirió.

Asentí. Me quedé dormida unos minutos. Tuve un sueño.

Soñé con una mano pálida con la palma hacia arriba; con unos ojos verdes que me miraban con ira, creo que de un animal; y con la silueta de un niño, con su cabeza y sus hombros. Sabía que estaba encerrado y que tenía miedo. Tal vez el hallazgo en la casa de Bennet me impactó, entonces, el encierro de Cameron lo junté a lo que pasó con Dave y el peligro que corrió, y por eso soñé eso. Pero él nunca tuvo miedo.

Le pregunté a Anne si alguna de las víctimas tenía hijos pequeños. La imagen del pequeño Dave, su risa, se había quedado metida dentro de mí y de alguna forma me había dejado inquieta.

Ella miró, interrogadora.

—El único que tenía una hija era Bennet, pero ya es mayor de edad —me respondió.

Pensé que tal vez la hija de Bennet, de pequeña, pasó mucho miedo, teniendo por padre a ese asesino, y que eso fue lo que mi cerebro «expresó» en forma de sueño.

Pero no era por eso. En ese momento, había un niño en peligro que tenía mucho miedo, y yo lo pude presentir.

5

Aterrizamos.

Eran las diez de la mañana del 13 de octubre.

Anne, cuando bajó del avión, se relajó. Había estado en tensión durante todo el vuelo. Recuerdo que pensé que tal vez su ansiedad me había contaminado de alguna manera y por eso había soñado con el niño y el miedo. Luego me dije que eso no tenía sentido; yo no podía ser una esponja que absorbía los temores de quienes me rodeaban. ¿O sí?

Subimos a un coche. El de Anne. Vi el envoltorio de un caramelo entre los asientos delanteros. Ella también lo vio y lo tomó. Lo guardó en la guantera.

—¿Por qué me has preguntado sobre los niños pequeños? No tiene sentido. De verdad, creo que debes dedicarte a resolver tu problema de memoria antes de ocuparte de cualquier otra cosa, Alexis. ¿O es que no quieres saber qué es lo que te pasa en realidad? —me increpó al tiempo en que prendía el motor del vehículo.

Tuve de pronto la impresión de que Anne no creía en mi amnesia y de que quisiera, con un examen médico, confrontarme. Recordé lo que me dijo cuando llegó a la celda. Podía ser que esas dudas que habían nacido en ella aún no estuvieran resueltas.

—Claro que quiero saberlo, pero también quiero atrapar al maldito que está asesinando personas. El mismo que pretendió inculparme y que, de no ser por mi abogada, lo hubiese conseguido. Tengo la impresión de que es alguien muy peligroso. Alguien que pertenece a algo más grande y complejo.

—La secta criminal de la que me has hablado, la que tuvo que ver con la muerte de Devin, supongo —completó Anne.

—La oscuridad —dije como si las palabras salieran por sí mismas de mis labios.

—Es la segunda vez que me hablas de eso. Creo que necesitas ayuda, Alexis. Tendré que decirle a la jefa Tonny que… —comenzó a afirmar, pero luego se contuvo.

—Que no puedo continuar con el caso —completé por ella.

—No era eso lo que iba a decir. Sabes que no te haría algo parecido. Pero prométeme que hoy mismo buscarás una cita para que un neurólogo tome las riendas de lo que sea que te esté pasando. Y si él no llega a nada, pues tendrá que ser un psiquiatra —sentenció.

¿Es que Anne pensaba que mi amnesia obedecía a causas psíquicas-emocionales y no a una lesión física? O peor, tal vez pensaba que estaba fingiendo.

¿Por qué iba yo a hacer eso?

Temí que si no recobraba la memoria, también perdería lo que me unía a mi compañera: su confianza. Ella tampoco estaba resultando del todo confiable para mí.

—Te lo prometo —le respondí sin más.

6

—Antes de ir a casa, quiero pasar por la casa de John Garrow —le dije.

Ella me miró un segundo, desviando la mirada de la calle. Pensé que se negaría, pero no lo hizo. En ese momento giró a la izquierda y tomamos una calle pequeña que mostraba varios restaurantes y cafés, y que terminaba en un parque. De allí, tomó una avenida que creí conocer. Sabía que había visto esa parte de la ciudad, que formaba parte de mi registro, pero no podía recordar hechos concretos o momentos específicos que hubiese vivido allí.

Al cabo de unos doce minutos, estuvimos en la calle Mike Oatman, cerca de la Universidad de Wichita y del estadio Cessna.

—¿Reconoces algo? —me preguntó Anne.

—Creo que sí lo reconozco, pero no recuerdo nada en concreto. Ya vendrán los recuerdos —expresé. No quería que mi estado la hiciera pensar que no podría continuar con el caso. Pretendía mantenerme tranquila, que me viera un poco más segura de mí misma.

—Claro que vendrán —me respondió con la intención de consolarme.

Vi a varios chicos caminando hacia la entrada del campus universitario, cerca del coche.

—¿Garrow vive por aquí? —le pregunté.

—Sí. Ya casi llegamos —dijo.

—¿Cómo era él? ¿Qué supimos? Quiero decir, sé lo que está en el expediente, pero me pregunto si llegamos a hablar de algo más, si te conté alguna impresión que me generara él, o tú a mí —aclaré.

—Creo que pensabas que era un sujeto reprimido, y que se había mudado a esta zona de la ciudad justamente para mirar a las chicas jóvenes universitarias. En esta parte de Wichita se respira juventud, alegría.

—¿Crees que pensaba eso o llegué · a decírtelo? —interrogué.

—Creo que lo pensabas. Justo de camino a su casa, haciendo esto que estamos haciendo en este momento, miraste de la misma forma a los grupos de jóvenes entrando en el campus. Has hecho prácticamente lo mismo que hace días, lo que pasa es que no lo recuerdas.

—Ya. Por eso el célebre psicólogo conductista Skinner hablaba de los patrones de conducta, las cosas que siempre hacemos de la misma manera para orientarnos en el mundo... —le dije.

—Recuerdas a Skinner, los libros, y no las calles... No debe ser fácil —me dijo Anne.

Sabía a lo que se refería, y tenía razón. No era fácil. En mi cabeza afloraban los conocimientos, pero no había memoria de mis días ni mis horas. Era como si fuese un ordenador defectuoso, una inteligencia artificial padeciendo una suerte de hemiplejia. Pero la conexión con el mundo no es recordar ideas, sino poder contar con trayectorias propias. ¡Las mías no existían! Solo me quedaba confiar en mi forma de atender a la realidad. En los patrones de mi comportamiento. Y por algo antes me había fijado en los chicos universitarios al dirigirme a la casa de Garrow.

—¿Qué más crees que pensaba sobre John Garrow? —insistí.

—No te gustaba, para nada —sentenció ella.

7

—Garrow vivía solo. Era viudo. Hacía poco tiempo que residía en este barrio. Se encargaba de otorgar préstamos en el Conway Bank. Toda la vida trabajó en ese lugar. No era simpático con sus compañeros de trabajo. Lo describen reservado. Es nieto de un tal Frederic Butler, según Lilian, un prominente arquitecto que ha tenido que ver con la construcción de varios edificios en la ciudad, nieto a su vez de otros arquitectos conocidos. Una familia que ha visto perder su posición y estatus. Sin duda, ya han visto pasar sus mejores años en Wichita. Así que podemos decir que Garrow contaba en su ADN social con cierto aire de mando y altivez que no se correspondía con su realidad. Lo cierto es que no poseía nada de imaginación como para diseñar ni una casa de muñecas, y eso debió ser algo terrible en medio de esa familia que de seguro vivía de las glorias pasadas de sus miembros creativos.

Comprendía lo que Anne decía. Cuando se es altivo y no se cuenta con talento, la vida puede llegar a ser muy frustrante. Y cuando se está frustrado, se la puede cobrar con las personas que se tienen alrededor, lo cual resulta en una personalidad que puede llegar a ser odiosa. El mensaje de quien cometía los asesinatos me había enviado, o quien se hacía pasar por él o ella, volvió a ocupar mi pensamiento: piensa en las personas que odias…

Nos detuvimos ante un pequeño edificio de paredes blancas, alternadas con otras de revestimiento de piedra caliza. Solo contaba con tres plantas. En frente, un pino perfecto coronaba un área cubierta de césped que daba paso a la entrada principal.

Ese pino me dijo algo que no pude descifrar. Tal vez un recuerdo de la niñez. Quizás me gustase dibujar pinos. Tuve esa impresión.

Nos bajamos del coche y avanzamos hasta la entrada del edificio. Anne marcó cuatro números en el tablero de códigos que permitía el acceso al interior. La puerta se abrió. Entramos y tomamos el ascensor. Cuando comenzó a cerrarse, una mano apareció para evitarlo. Las puertas se detuvieron y se abrieron. Entró en la cabina un hombre mayor, de pelo cano. Vestía ropa deportiva color azul eléctrico. Saludó y luego manipuló su reloj, uno inteligente. Creo que miraba su frecuencia cardíaca, o tal vez medía la distancia del recorrido que acababa de hacer. Era evidente que venía de correr.

—Perdone. ¿Usted conocía a John Garrow? —pregunté —. Soy la detective Carter y ella la detective Anne Ashton — completé.

El hombre me miró sorprendido. Sus ojos eran grises. Parecía un sujeto inteligente.

—¡Oh…! He sabido que antes han estado preguntando en el edificio por Garrow, pero yo en ese momento me encontraba de viaje. Quiero decir, cuando asesinaron a Garrow. La verdad es que lo conocía poco, pero lo suficiente para saber que era un idiota —respondió.

Noté varias arrugas alrededor de sus ojos y también en su cuello, las que me dejaba ver la sudadera de color vibrante que llevaba puesta.

—¿Por qué lo dice? —preguntó Anne.

—Gente de nobleza perdida, los llamo yo. En algún momento los convencieron de que eran superiores a los demás, y luego de seguro consideraron que la mala suerte los llevaba a no ser exitosos o conocidos. ¿Qué sé yo? Cada uno con sus ideas…, pero en realidad no puedo ayudarlas. Solo sé que era un hombre antipático, de los que siguen las malas reglas, sin sentido común.

—¿Cuáles son las malas reglas? —le pregunté con curiosidad. Me llamó la atención su concepto.

—Las que mantienen lo que está mal. ¿Vieron el césped afuera? Pues allí el jardinero sembraba un rosal. Vi a Garrow maltratarlo y demandarle que no lo hiciera, pues acabaría destruyendo la armonía que lograba el pino de Balfour. Eso decía él. Que el pino era perfecto. ¿Quién maltrata así a alguien que hacía su trabajo por esa tontería de la perfección que logra un pino?

Las puertas del ascensor se abrieron.

El hombre salió con andar rápido. Volvió a mirar su reloj. Habíamos sido una distracción que interrumpió su afán de medirlo todo. Eso pensé.

Las puertas volvieron a cerrarse.

—Debe ser el único vecino con el que no hablamos. Se apellida Bonn. Es un sociólogo y profesor universitario —dijo Anne.

—Y también vive solo —completé.

—¿Cómo lo sabes? —me preguntó Anne al tiempo en que la cabina se abría y salíamos.

—Por las dimensiones del edificio. Y el número de pisos que vi en el tablero de los códigos. Tienen que ser viviendas unipersonales o a lo más de dos personas, aunque lo dudo. El típico lugar para gente como Bonn, autosuficiente, demasiado ensimismada para tolerar la compañía rutinaria de alguien más. Tal vez una mascota, aunque también lo dudo. Un perro ni pensarlo, demandan más atención. Un gato quizás. Lo lógico es que sean profesores o personal ligado a la universidad, o tal vez deportistas, los que viven aquí. He visto de venida que hay varias instalaciones deportivas cerca. Tal como has dicho tú, aquí en esta zona de la ciudad hay concentrada mucha juventud, o amantes de ella... —razoné.

—¡Vaya! Bienvenida de vuelta, Alexis —me dijo Anne.

Sonreí.

—¿Ves por qué me gusta que seas mi compañera? Hasta aturdida eres buena sacando conclusiones —me dijo.

Sin embargo, capté una nota de tristeza en su voz. Como si creyera que ya no volvería a ser la misma a pesar de todo.

—¿Qué piensas de lo que ha dicho Bonn sobre Garrow? —le pregunté al mismo tiempo en que ella se detenía ante una puerta de madera pintada de blanco.

—¿Lo del pino, el rosal y el jardinero? No lo sé. Sí que muchos coinciden en que Garrow era antipático. Lo dicen sus compañeros de trabajo.

—Creo que puedo comprender lo que quiso decir con el pino. ¿Sabes? Yo también experimenté ese equilibrio allá abajo. Me quedé mirando el árbol y también me pareció perfecto. Como cuando logras encontrar en pocas cosas una gran belleza y no quieres perderla. Un rosal podría descentrarlo todo, sobrecargarlo, destruir ese sitio de encanto simple; el césped, la fachada y el pino armónico. Creo que los dibujaba mucho, a los pinos. No sé... vienen a mi mente varias hojas de papel con pinos coloreados.

—Deseos de superación, ansias de ascender y trascender —me dijo Anne con voz grave.

—¿De qué hablas? —le pregunté mientras la miraba marcar unos números en la cerradura para entrar en el piso de Garrow.

—Tú misma me dijiste eso. Te pregunté por qué mi hijo Matthew siempre los dibuja, desde muy chico…

En ese momento, Anne tocó con fuerza el picaporte de la puerta y la abrió, y yo tuve una visión de lo más extraña.

Vino a mi mente la imagen de un telescopio espía, negro, brillante, invasivo.

8

YA ERA BASTANTE malo no tener memoria como para ser atacada con imágenes inesperadas en mi cabeza. ¿Un telescopio?

—¿Encontramos en este lugar un telescopio espía? —pregunté.

—No —me respondió Anne. Volvió a mirarme con cara de preocupación.

Estábamos en medio de un salón claro, de decoración minimalista. Nunca había estado en un espacio parecido. Lo sabía. Aquello parecía un cubo de cristal. Las paredes eran de vidrio casi hasta el suelo. Podían contarse menos de una decena de objetos. Entre ellos, un sofá blanco, una butaca clara, una alfombra del mismo color, una mesa, una silla con el armazón de metal plateado y el espaldar y el asiento de material plástico transparente. Pocas cosas más, todas impolutas. Se trataba de un *loft* con todos los ambientes integrados. Podía verse el área de la cocina pulcrísima, con ningún utensilio a la vista. Tampoco una cafetera ni un vaso. Era como si el empeño por mantener las superficies descubiertas y desprovistas de huellas de actividad humana fuese enorme en la mente de Garrow. Todo aquello parecía, simplemente, un quirófano.

Pensé que había una parte del edificio que no podía verse desde la entrada principal, por donde habíamos dejado el coche. Ese enorme ventanal debía mirar a la zona posterior de la edificación, tal vez a un patio central. Antes no creí ver tantos cristales en la fachada.

—Le gustaba la luz —dijo Anne.

Asentí. Me quedé mirando la butaca. Luego observé el ventanal.

Imaginé a Bonn en un piso igual a este, disfrutando de la claridad, obsesionado con las mediciones y la ausencia de misterio. Cuando era el misterio, algunas veces, fundamental en la vida, pensé. Algo así aprendí de alguien cercano; de una mujer de manos arrugadas que tocaba rosas, que era cariñosa y me quería, pero no podía recordar su rostro ni quién era. Aunque hubiese visto su cara en mi recuerdo, tal vez tampoco sabría de quién se trataba.

—¿Te pasa algo? Has puesto una cara de muerte —reconoció Anne.

—Nada —dije al tiempo en que caminaba hacia una escultura de un lobo negro y de superficie mate que descubrí en un rincón del *loft* iluminado de Garrow.

—Esto es como una repetición. Lo mismo hiciste la primera vez que estuvimos aquí. Te llamó la atención esa cosa horrenda.

Llegué hasta él.

Miré el rostro del animal. Era turbador en el mal sentido. Las fauces abiertas, los colmillos expuestos y hasta un hilo de saliva, creado por el escultor, que conectaba uno de los colmillos con la encía inferior. Dejé de mirarlo. Me dio algo de miedo. Supuse que había padecido de niña algún evento con algún perro negro y fiero, o algo así. Miré una inscripción en la parte baja de la escultura y luego me aparté de ella.

—¿Dónde estaba el cuerpo de Garrow? —le pregunté a Anne.

—Allí. Junto al ventanal. En el suelo, con la cabeza cubierta por un velo, más cerca del cristal. En posición decúbito supino. El brazo y la mano amputada cerca del cuerpo, igual que los demás. No era una escena bonita. Uno de los novatos de Lilian tuvo que salir a vomitar. Un chico nuevo.

Miré el lugar que Anne me señaló.

—La verdad es que no sé qué hacemos aquí. Esta escena ha sido analizada a consciencia y no hallaron nada de nada. Tú y yo hemos estado aquí y tampoco nos resultó útil. Este maldito sabe hacer las cosas. Lo mismo los objetos que dejó en tu poder. Ninguno tiene ni una sola huella…

Miré hacia los cristales. La luz me parecía invasiva, irritante.

—Los odia. Y piensa que está bien que los odie. Que odiar no es malo, y por eso me preguntó a quién odiaba yo. Creo que piensa que el odio también es voluntad divina, así como haberme encontrado a mí en la escena de Clara. Si al menos pudiera recordar lo que pasó allí… En fin, lo que quiero decir es que es como si Garrow y Marina, y todas sus víctimas, fuesen «tipos de personas». Como si nos dijera, asesinándolos, que en parte está asesinando a la gente como ellos. A la gente antipática, desconsiderada… No lo sé. Y si es así, Anne, la primera parte del mensaje, eso de los diez tipos a aniquilar, significa que va a matar diez veces… No lleva ni la mitad de la misión cumplida.

9

—Y ESO PUEDE SIGNIFICAR TAMBIÉN ese número en su nombre. Me refiero a NSV10 —completó Anne.

—Sí. No sé cómo no lo vimos antes. Faltaría por comprender el significado de las tres primeras letras. Habrá que pensarlo.

Recordé la visión de la chica en la casa de Bennet, lo de las abejas como almas infernales, no sé por qué. ¿Es que Garrow para el asesino era un alma infernal? ¿Por qué lo sería?

Miré a mi alrededor, intentando obtener una respuesta a esa pregunta.

—John Garrow, en sí mismo, es como esto que estamos viendo aquí: un sujeto vacío, y las pocas cosas que hay aquí, incluso, sería mejor que no estuvieran. Ese lobo negro en medio de esta estancia de suelo y cosas blanquísimas, y de exagerada luminosidad. Pero ese lobo significaba algo para Garrow. Algo importante —concluí.

Me di cuenta de que divagaba, de que cuando expresaba algunas ideas lo hacía de manera confusa.

—¿Un secreto? —se aventuró a preguntar Anne.

—¡Eso es! ¡Un secreto! Ves que es inconsistente entre todo el conjunto. La obsesión por tener este piso de esta manera y solo con objetos funcionales, sin adornos y sin nada fuera de lugar, se rompe con esta escultura que pertenece a otra cosa, a su parte oscura. Además, no la ha heredado. He visto la factura y su placa de identificación en la base de la escultura. Fue hecha hace cinco años. ¿Por qué alguien como Garrow tendría algo así? Eso es lo que tenemos que preguntarnos porque nos puede conducir a entender por qué el asesino odia a alguien como él.

—Supongo que todos tenemos gustos ocultos —sugirió Anne.

—Sí. Pero este no está oculto. ¡Está en el salón! Aunque no viniera nadie a verle y a descubrir su mal gusto, él sí que lo veía todo el tiempo, tendría una función para él. Entonces, algo sentía al mirar esa escultura. ¿Ves cómo está dispuesta? Esta allí para verla bien desde la butaca, que creo era donde Garrow se sentaba a descansar. El asiento está más hundido que los del sofá. Me atrevería a decir que en ese sofá no se ha sentado nadie nunca. Tal vez el asesino sí lo hizo —dije, y como llevada por algo muy fuerte dentro de mí, caminé hasta el sofá y me senté. Esperaba algo en mi cabeza. Tenía que aprender a vivir con eso que Anne llamaba mi habilidad y que no comprendía, pero que debía ser una herramienta en mi trabajo. Esas visiones imprevistas, esas frases en mi cabeza, tal vez se activaban con el tacto, como cuando conocí a Rose Eastman y la vi de pequeña en un salón de clase.

Entonces, sucedió algo inesperado.

10

Nada apareció en mi cabeza.

Me sentí absurda, estúpida. Me levanté. Me senté en la butaca y desde allí miré la escultura. Me di cuenta de que a sus pies, en el suelo, había una marca, como si alguien hubiese movido la figura, como si alguien la moviera con frecuencia y esa fricción entre las dos superficies hubiese dejado rastro en esa zona del suelo. Me dirigí hasta ella y la moví. Algo se desplazó dentro de ella.

«Hay algo adentro», pensé. Anne descubrió mi pensamiento.

Volví a moverla. Entonces, ella también oyó el desplazamiento. Entre las dos descubrimos que la escultura era un ardid. Que se abría a la mitad y dentro había varios objetos. Entre ellos, un telescopio espía y unas fotografías. Las miramos. John Garrow era voyerista. Espiaba desde el ventanal a los vecinos de la torre vecina.

Caminé y observé el exterior a través del cristal. Entre ambas edificaciones había un patio interno y luego estaba allí, a la mano y como en un asiento en primera fila, los ventanales de los otros edificios. Algunos con persianas o cortinas corridas, y otros descubiertos.

—Entonces, Garrow no se mudó a este barrio para contagiarse de la vitalidad universitaria, sino que lo hizo para espiar a las chicas del edificio vecino —concluyó Anne.

—Por eso escogió este piso acristalado. Debía sentirse muy solo sin la presencia de otro ser humano que no solo hiciera el amor con él, sino que le brindara algo de intimidad.

—Pues si me preguntas, me parece terrible que alguien invada la intimidad de los demás. No diré que lo comparo con Bennet, pero también era un sujeto despreciable. Mirar a través de un lente a desconocidos...

—Tal vez eso es lo que mueve al asesino. Está asesinando personas despreciables que limitan la libertad de los demás; los que vigilan, los que raptan... Garrow, Bennet.

—Pero Marina Dall no ha hecho nada parecido. Ni Clara Holland, que sepamos. Dijiste que para mí Marina era la más importante de las víctimas, por así decirlo. No tengo idea de la razón. Lo he pensado: era paciente de Fellbaum, y eso hay que considerarlo más que una coincidencia. Tal vez por eso dije que había algo que no me convencía en él. De hecho, hasta ahora es el único vínculo que tenemos entre las víctimas, ¿no es cierto? —pregunté.

—Así es —respondió.

—El hecho es que puede que Marina no fuera solo una mujer exitosa en su profesión de diseñadora de ambientes de elite, de publicidades de lujo. Puede que en ella esté la clave del misterio. Después de todo, fue la primera víctima.

—Pues sí. Solo sabemos que era sobreviviente del cáncer, que padecía osteogénesis imperfecta, que, como has dicho, la trató Fellbaum y poco más. Ni voyerista ni secuestradora —sentenció.

—Esa es la clave, Anne. Que sepamos... —repetí—. Paul

Burtin, el profesor de arte y antropología de la Universidad de Wichita, la ingeniera aeroespacial Gía Wood y el doctor Marc Fellbaum eran nuestros principales sospechosos. ¿No es así? —pregunté un poco más animada. Presentía que estábamos dando vueltas a algo importante.

Ella asintió.

—Bien. ¿A quién de ellos ves más como un ángel vengador? Como a alguien que deseara librar al mundo de tipos como Garrow o Bennet. O de alguien como Marina Dall.

—Tú pensabas que se trataba de alguien guiado por convicciones religiosas. Me convenciste de ello. Diría que Burtin estaría en primer lugar. Además, trabaja en la universidad y podría moverse por estos lugares. Tal vez conoció a una chica que residiera en uno de estos pisos, una que le confesara que tenía un vecino fisgón, y eso hizo removerse algo dormido en él. Quizás su verdadero objetivo era Garrow y ha matado a los demás solo para despistar, pero la verdad lo veo muy tirado por los pelos. Luego está Gía Wood, pero es la que menos me parece tener algo que ocultar, aunque también trabaja en la universidad y pudo haber conocido a Garrow en alguna parte de por aquí. Y Fellbaum solo es portador de una insoportable prepotencia, pero creo que no conozco a ningún oncólogo reconocido que no padezca de algo así; es como una máscara que deben portar apenas obtienen el grado académico. Creo que cuando desapareciste, estábamos bastante perdidas en cuanto a la identidad del asesino. Pero para ti la víctima más reveladora siempre fue Marina Dall, y me devanaba los sesos porque nunca supe la razón. Creo también que descubriste algo y por eso fuiste con Holland, pero el asesino se te adelantó, por lo que sabemos —concluyó.

Recordé lo que había escrito en mi correo.

«Paul Burtin. Sin coartada. Hombre inteligente, con formación suficiente para construir sistema de símbolos como los de las escenas de los crímenes. Deseos de figuración pública. ¿Crianza? Indagar. Preguntar a Rossy».

«Gía Wood. Sospechosa. Ingeniera aeroespacial. ¿Sin aviones? Serios problemas económicos. Casada con un hombre que maneja a su antojo. También busca escapar de la prisión que ella misma se ha creado al dibujar su imagen como una profesora de la universidad. A la vez, se cree muy lista».

«Marc Fellbaum... no me cuadra. Preguntar a Rossy. Volverlo a visitar».

Tomamos las cosas ocultas de Garrow y salimos del piso.

Nos dirigimos al Departamento de Homicidios. Vi a Rossy García, a Lilian Peterson, a Juliet Rice y a la jefa Tonny. Me trataron bien, como si no importara que no las recordara. En el fondo, sabía que eran buenas compañeras de trabajo y que las apreciaba. Tenía la sensación de que eran confiables para mí, tal vez fuese más que una sensación. Era una certeza. Pero no podía acompañar ese sentimiento de recuerdos, de eventos pasados.

Rossy me pareció irreverente en su vestimenta y puede que tradicional en su pensamiento. Además, podría describirla como alguien dulce y ajena a la maldad, que era nuestra materia prima de trabajo. Dedicarse a resolver homicidios complejos no era precisamente una profesión que condujera a tratar con lo mejor de la humanidad, pero para ella debía resultar porque su trabajo se desarrollaba en la oficina, frente a varios ordenadores. No tenía que enfrentarse a las escenas de los crímenes. Le pregunté si tenía que decirme algo sobre cualquier cosa que le hubiese pedido que investigara del caso. Me dijo que no y que del correo electrónico que había recibido de NSV10 no había podido descubrir nada. Le pregunté qué podía significar ese nombre: NSV10. Me dijo que muy posiblemente nada. Solo un nombre de usuario que aún no estuviese activo. Le dije que teníamos una leve idea del signifi-cado del número y que se centrara en las letras.

Juliet Rice era la antítesis de Rossy; discreta, funcional y también menos afectiva. Puede que también menos conserva-dora. Era como la conciencia de una época, de esta época. Alguien racional y fría, a la cual no se le podía engañar con sentimentalismos ni emociones. Alguien incapaz de saltarse las normas, como a todas luces lo había hecho Rossy durante mucho tiempo. No había que ser muy inteligente para deducir que el Departamento la había reclutado y sacado de su antiguo oficio, el de *hacker*.

La jefa Tonny era una mujer, por sobre todo, eficiente. Sus ojos eran muy vivos y su andar resuelto. Creo que cuando me vio estuvo a punto de darme una baja temporal, pero al final no lo hizo.

Lilian era alguien muy interesante. Una mujer refinada que escarbaba las vísceras de los cadáveres escuchando música trágica. Eso me había dicho Anne, y al verla, supe por qué. Ella necesitaba llenar de sentido la práctica forense, y encon-traba ese sentido en las tragedias convertidas en poesía. Llevaba el pelo corto y destacaba por eso, su cuello estilizado y unos zarcillos de brillantes minúsculos en las orejas. Me abrazó cuando me vio.

Me cayó muy bien Lilian Peterson. Me transmitió energía, vitalidad.

—Alexis, ya te he guardado una cita con mi amiga Edna Patel. Es la mejor de todo el estado en su especialidad. Es neuróloga especializada en el estudio de la mielina y la sinapsis de las células cerebrales entre los dos hemisferios. Mi marido es químico y en varias oportunidades han hablado de los estudios que lleva a cabo Edna. La he llamado y he conse-guido que te vea esta misma tarde. A las siete.

Miré a Anne. Lo comprendí. Supuse que no era opcional

mi visita a Edna Patel y que ella había pedido a Lilian que le recomendara a la mejor neuróloga. Si no entendían qué me pasaba, lo más seguro era que me enviaran a casa. Tal vez hasta había sido un acuerdo al que llegaron con la jefa Tonny. No me quedó otra cosa que aceptar, aunque sentía miedo de lo que pudiera decirme la doctora. Me dije que era mejor no pensar en eso por el momento.

Agradecí a Lilian.

Ella nos dejó solas a Anne y a mí. Estábamos en un salón de reuniones donde había una mesa, una pizarra blanca y un mueble con una cafetera y una tetera encima.

—¿Qué quieres hacer ahora? —me preguntó Anne.

—Quisiera pensar, aclararme.

—Ya.

Fue su única respuesta, como si pensara que eso no fuera posible.

11

Al cabo de varias horas, me di cuenta de que estar metida entre cuatro paredes no iba a aclararme. Otra cosa que me daba algo de miedo era ir a casa. Estar en un lugar que se suponía mi espacio íntimo y no reconocerlo era algo que no quería padecer todavía.

—Anne, vayamos a ver a Paul Burtin. Cuento con tiempo antes de ir a la consulta con Edna Patel —afirmé.

Era el primero que había puesto en mis notas. Eso podía significar algo. También había sido el primero del que Anne me había dado referencias cuando le pregunté, en el piso de Garrow, a quién consideraría capaz de «liberar» al mundo de las víctimas. Eso también podía significar algo. Aunque el hecho de que Fellbaum hubiese tratado como médico a la primera víctima lo ponía en un lugar privilegiado de sospechas. En el fondo, pensé que quería conocer primero a los otros sospechosos para luego concentrarme en él.

—Y dado que Gía Wood también trabaja en el campus universitario, podríamos llegar a verla, asimismo, de improviso —completé.

—Está bien. Vamos. Y luego te acompañaré a la consulta con Patel. Puede que necesites a alguien. A mí no me gusta pasar por esas situaciones sin compañía —afirmó.

Le di las gracias y salimos en dirección a la Universidad de Wichita.

Cuando llegamos al campus, nos dirigimos a un auditorio. El encargado de la seguridad del campus nos informó que Paul Burtin se encontraba dictando una clase magistral en ese momento.

En cuanto abrimos la puerta posterior para entrar en el recinto, escuchamos la voz grave de un hombre.

Avanzamos.

Tardamos algunos segundos en acostumbrarnos a la ausencia de luz del lugar. Luego vimos la sala repleta de gente. No se escuchaba ni un susurro, solo la voz del expositor. Todos estaban expectantes ante las palabras del hombre alto que se hallaba sobre el escenario. Recordé que en la fotografía de la prensa me había parecido menudo, pero no lo era. Ese tipo de imágenes algunas veces engañaba. Burtin explicaba algo en relación con una fotografía que se veía proyectada en una pantalla tras él. Hablaba sin mirarla, de frente al auditorio, como debían hacer los buenos oradores. Portaba un micrófono inalámbrico y se movía como pez en el agua. Parecía haber nacido para hablar ante el público.

La imagen mostraba una máscara incompleta. Recordé sus declaraciones sobre el motivo por el cual el asesino había matado a Marina Dall, lo de la molestia por la publicidad que diseñó sobre la inmortalidad, los griegos y las joyas funerarias. Lo decía por el velo que había dejado sobre su rostro, por la referencia a que fuera un símil de las túnicas griegas. Se suponía que era un experto en historia del arte.

—Acaban de encontrarla en la zona sur de España y ahora nadie sabe si lo que han creído sobre la historia de los tartesios es verdad. Su descubrimiento supone no un cambio de paradigma, sino el quiebre completo de la historia hasta ahora creída —decía Paul Burtin.

Su voz era hipnótica.

Mostró otra imagen. Ahora era una máscara rota, pero esta vez aparecía al lado de la pieza faltante, separada por un pequeño espacio de la primera. Tal como encontrábamos a las víctimas, con el brazo y la mano amputadas junto al resto de los cuerpos. Paul Burtin continuaba su explicación. Me pareció que nos miró y que hizo una mínima pausa, pero que luego continuó como si nada.

«Está enamorado de su propia voz», me dije.

Además, tiene el «don de la palabra». Eso me afirmé y luego me pregunté por qué pensaba así. Era como una forma de hablar de alguien mayor, tal vez de alguien importante en mi crianza que había sido significativo.

Desistí en el esfuerzo de recordar de quién se trataba. Sentí unas náuseas repentinas, pero tal como aparecieron, desaparecieron.

En ese momento, un hombre y un camarógrafo entraron en el auditorio. Burtin hizo silencio. Todos los presentes permanecieron callados. El hombre se acercó a él, de alguna parte sacó un micrófono inalámbrico, lo puso frente a Burtin y le preguntó en voz muy alta:

—¿Es cierto que el asesino, el Velador, le ha escrito una carta?

Se escucharon exclamaciones.

—Pues sí, es cierto. Ahora lo hago público. Creo que es necesario para así evitar más víctimas. Ahora mismo la llevaré a la policía, pero antes haré estas declaraciones… —respondió Paul Burtin.

12

Ni Anne ni yo podíamos creer lo que oíamos.

Anne actuó de inmediato. Se levantó y habló en voz muy alta.

—Soy Anne Ashton, teniente de policía del Departamento de Homicidios de Wichita. Y en este momento pido al reportero y a su cámara que detengan la grabación de las declaraciones del profesor Burtin. Podrían estar interfiriendo con una investigación en curso.

Anne era una mujer de acción rápida. Esta era otra demostración, así como cuando sometió al padre del chico en el hotel en Denver. Entonces, en esos segundos tuve un recuerdo muy claro. Me hallaba en una noche calurosa, con mucha gente alrededor, olía a dulces, a manzanas caramelizadas, y había un río cerca. Allí estaba Anne salvando la vida de una niña, practicándole una traqueotomía sin que el pulso le temblara. Lo recordé con mucha claridad. Antes había tenido una breve evocación a ese momento, pero ahora lo revivía con toda claridad.

El reportero protestó. Miré la cara de Paul Burtin. Estaba

defraudado. «¿Por qué lo estaría?». Sospeché que la entrada del reportero había sido idea de él, que todo había sido orquestado para que lo interrumpiera en plena clase. Ese hombre haría cualquier cosa por adquirir fama. «¿Hasta asesinar?».

—Profesor, si en realidad tiene algo que decir que convenga a la investigación, debe hablar con nosotras primero. Le pido que detenga esto y nos lo informe lo más pronto posible —ordenó Anne. Se escucharon murmullos y algunas exclamaciones de los estudiantes.

Paul Burtin hizo lo que ella pidió. Terminó la clase de forma abrupta. Pidió a los chicos que se retiraran y también al reportero y al camarógrafo. Se quitó el micrófono inalámbrico.

Me dio la impresión de que encajó el golpe rápido y de que ahora sacaría partido a nuestra presencia en ese lugar. De alguna forma, ya había obtenido lo que deseaba. Ahora correría como pólvora la noticia en el campus de que el profesor Paul Burtin no solo tenía comunicación con el asesino, sino que además las detectives encargadas del caso iban a hablarle. Su declaración a los medios solo se había pospuesto por nuestra presencia.

Una vez que estuvimos a solas con él, en medio del escenario desde el cual impartía la clase, pude observarlo mejor. Vestía una camisa azul que le entallaba a la perfección. El pelo negro caía rizado y largo sobre sus hombros. Su cara estaba bronceada. Su mandíbula era cuadrada y sus ojos eran como dos chispas.

—Es un placer volver a verlas —dijo, satisfecho—. Sabía que pasaría, que no me dejarían en paz, porque, en efecto, no tengo coartada para las horas en las que el Velador ha matado, y me temo que para el 7 de octubre tampoco la tengo. Entiendo que el asesino ha vuelto a actuar esa noche, lejos de aquí.

—¿Por qué cree que el asesino le escribiría una carta? —pregunté.

—No lo sé. La recibí en el buzón de la escuela. No tengo idea de quién la envió, ni de quién avisó a la prensa. Antes de que pregunte, no hay cámaras en la zona de los buzones, por lo que es muy fácil colarse en esta universidad. Te vistes como un chico o chica, y te diluyes en medio de la manada. Solo serías un estudiante más con mochilas en mano, o uno de esos que corren en el campus a cualquier hora —dijo con aire de satisfacción. Como si fuera una buena noticia que el asesino fuese imposible de rastrear.

No me gustaba ese hombre. Creía que era capaz de hacer lo que fuera por ver su propio brillo, por ocupar un lugar en la opinión pública. Lo imaginé posando ante el espejo antes de salir de casa.

—Aunque, ahora que lo pienso, creo que puedo responder a la pregunta que me ha hecho. Tal vez el Velador quiera contar con un interlocutor capaz de comprenderlo —sugirió, y yo tuve la impresión de que esa era una respuesta que ya tenía ensayada—. Debe haber leído mis declaraciones a la prensa sobre la razón por la cual mató a Marina Dall. A ese parásito de la sociedad actual.

—¿Por qué parásito? —pregunté.

—Privilegiar la forma en contra del fondo. Es de gente superficial, sin contenido. De parásitos —sentenció—, de todas formas, creo que el asesino ha conectado conmigo porque he traducido su forma de dar muerte.

—¿A qué se refiere? —preguntó Anne.

—A que la forma como dice la prensa que deja a las víctimas induce a pensar en un asesinato semiótico —respondió.

—Tendrá que explicarse mejor —demandó Anne.

Paul Burtin caminó, dio unos pasos alejándose de nosotras y luego se puso de espalda. Parecía mirar a un público imaginario que poblara el auditorio, lucía como si se dispusiera a hablar a una multitud.

—Está intentando comunicarse, para decirnos algo a través de los símbolos mortuorios. Y por eso el velo. Debe saber que soy experto en esos temas. Soy experto en arte y en antropología del arte, y ahora mismo estoy haciendo un estudio sobre el suicidio y el arte en la historia occidental. En algunas tribus insulares, a los suicidas se les cubría con un velo mortuorio para que nadie pudiera verlos a la cara. Existía la creencia de que si alguien lo hacía, el espíritu del suicida lo convencería de abrazar la muerte —afirmó.

Luego se dio la vuelta y nos miró con los ojos llenos de brillo. Le vi después mover la mano izquierda como si tuviese un hilo entre los dedos. Debía ser un movimiento que hacía cuando se encontraba satisfecho.

—Pero las muertes que investigamos no fueron suicidios, precisamente —argumentó Anne.

—Es igual. Es como si pensara que son personas que se han debido suicidar si hubiesen tenido algo de decencia. De cualquier manera, el velo significa separación entre un cuerpo y su entorno. Y eso debe ser algo importante para el asesino.

—Necesitamos ver esa carta —le dije.

Lo estaba esperando. Sacó triunfante del bolsillo de su pantalón un par de hojas manuscritas.

Miré sus manos desnudas.

—Lo lamento… La tomé y abrí el sobre sin ninguna precaución. Encontrarán mis huellas. Después de todo, nadie común sospecharía que un asesino podría escribirle.

«Pero tú no te crees alguien común», dije dentro de mí.

—¿Qué ha hecho con el sobre? —pregunté.

—Lo he tirado sin querer. Lo siento. Fue un acto inconsciente. Lo entregué a uno de los hombres de limpieza de la universidad, con quien me topé en cuanto lo abrí a los pies del edificio de Antropología. Y ni siquiera me fijé en su cara. Así que ese sobre podría estar en cualquier parte —completó.

—Nos la llevaremos —resolvió Anne.

—Es extensa. Creo que tendrán mucho trabajo con ella —afirmó.

Paul Burtin caminó hacia mí con la carta en su mano izquierda. Me la tendió y la tomé. Cuando lo hice, una nueva imagen apareció en mi cabeza.

Una mujer con la muñeca cortada, ensangrentada, y los rostros de muchas jóvenes sonrientes en primer plano. Luego una sala de velatorio, repleta de flores. Supuse que mi cabeza había traído a cuento imágenes que había visto antes de chicos que sabía se habían quitado la vida, que quizás había visto en noticias. Y que, al hablar de suicidio, el profesor activó esos recuerdos en mí.

13

Salimos del auditorio y dejamos a Burtin en ese lugar. Se quedó revisando un libro.

Yo llevaba la carta entre las manos, y junto con Anne comencé a caminar por un sendero que se abría entre varios setos.

—¡Vaya sujeto! Cada vez me resulta más antipático. Lo del suicidio y el velo no lo había dicho antes. Es como si nos entregara de a poco caramelos cada vez que nos ve, para que mantengamos el interés en él —afirmó.

—Anne, ¿cómo llegamos a sospechar de él? Quiero decir, cómo comenzó a formar parte de nuestra lista de sospechosos —le pregunté al mismo tiempo en que me detenía.

—Tanto él como Gía Wood y Marc Fellbaum fueron al cementerio de Wichita el día del entierro de Marina Dall. Burtin dijo que lo había hecho como una investigación etnográfica, o algo similar, y que no estaba prohibido acercarse a un cementerio un día cualquiera. Gía Wood nos dijo que había ido a visitar la tumba de su madre, quien, en efecto, está allí enterrada. Fellbaum, que tomaba fotos de las esculturas mortuorias —me respondió Anne, deteniéndose también.

—¿No era su oncólogo? —pregunté.

—Sí, pero nos dijo que ese interés por la fotografía era su pasatiempo y que no tenía idea de que su antigua paciente sería enterrada en ese lugar. Que su ida al cementerio había sido totalmente casual. Ese día fueron muchas otras personas al cementerio de Wichita, pero tú y yo nos quedamos observando el lugar donde enterraron a Marina Dall. Estuvimos en la ceremonia un tanto apartadas de la multitud, esperando que el asesino apareciera, y nos dimos cuenta de que estas tres personas se acercaron a la tumba una vez que los asistentes del funeral de Dall se fueron. Desde allí los entrevistamos y comprobamos que no tienen coartadas, y que, para nuestra mala fortuna, el 30 de septiembre y el 7 de octubre nadie los vio por un lapso de horas suficiente como para que tomaran camino fuera de Wichita y asesinaran a John Garrow y a Clara Holland.

Hizo una pausa.

—Pero debemos irnos con cuidado. El rector de la universidad ha sostenido una conversación con la jefa Tonny, sugiriendo que el Departamento está atacando a la comunidad universitaria sin motivo —completó Anne.

En ese momento, unos chicos pasaron junto a nosotras, en silencio. Una pareja. Parecía haber un problema entre ellos porque ambos tenían lágrimas en los ojos.

—Y fuimos al cementerio porque te parecía que tal vez el asesino se presentaría en el funeral, ya que eso también es como un rito. Me dijiste que era un rito importante porque era la ceremonia que daba paso a la muerte, y que lo del velo te daba vueltas en la cabeza. Creías que se trataba de un signo mortuorio. Lo que más hablabas de las escenas era sobre el dichoso velo, la mano en actitud de petición, y el quiebre completo de los huesos del cuello de las víctimas. Lilian está segura de que lo hace con un martillo quirúrgico. También de que tiene mucha fuerza.

—Es decir, que como Burtin, creía que el asunto del velo era un tema mortuorio —repetí.

—Sí. Y estuve de acuerdo en asistir al funeral de Dall. Además, muchas veces vamos a los actos funerarios de las víctimas porque sabemos que allí se pueden presentar los asesinos. Y esta vez, en la escena del asesinato de Marina, no encontramos ninguna pista ni tampoco sospechosos en su círculo más íntimo. No sabíamos que se producirían más asesinatos y pensamos que el objetivo del asesino era solo ella. Probamos ir al funeral a ver si algo surgía —completó.

Pensé que en realidad no teníamos gran cosa en contra de estos tres sospechosos, aún. Que podría ser otra persona.

—Rossy continúa investigando la crianza de Burtin, las finanzas de Gía y el historial de Fellbaum, pero no ha conseguido nada en firme —me dijo Anne, hizo una pausa y luego dio un paso corto—. Eso porque tú se lo pediste. Sigamos. Ese de allá —dijo y señaló hacia la derecha del sendero— es el edificio principal de la Facultad de Ingeniería. Allí está la oficina de Gía Wood —me dijo.

Giramos y tomamos el camino para ir a buscarla.

Percibí un olor agradable, como a jazmín y a azahar, en ese momento, pero no vi flores por ningún lado.

El cielo comenzaba a ponerse gris. Miré el reloj en el móvil que Anne me había dejado. Eran las cinco y media de la tarde. Contábamos con el tiempo justo para hablar con Gía, si es que la encontrábamos, y para ir a la consulta con la doctora Edna Patel.

—Lee esa carta en voz alta. Luego le enviaremos fotos a Rossy para que comience a analizar su contenido. Después la llevaré al laboratorio. Primero veamos si de verdad la envió el asesino, o si es una treta de Burtin —manifestó Anne—. Ese sujeto me pone los pelos de punta. Parece que delira con su propia imagen, un enamorado de sí mismo —reconoció.

Casi le pregunto a qué se refería. Había olvidado por completo la carta que llevaba en mi mano. Algo me tenía distraída. Desplegué las hojas y comencé a leer mentalmente.

No espero comprensión de parte de los cómplices, ni de los indiferentes. Sé que tengo la oportunidad de ahorrar un largo sufrimiento a las almas de personas piadosas que hoy existen, pero que por sobre todo, podrían existir. Hay una alianza mayor, desbordada dentro de mí. No me detengo porque no tengo que detenerme...

Paré en seco.

Una ráfaga de viento sobrevino de repente y varias hojas se levantaron y danzaron delante de nosotras.

PARTE IV

1

La escultura del lobo negro le pareció horrenda. Solo una persona despreciable como John Garrow podría tener algo así en su salón.

—Muy bien. Ya que está, me pregunto si puedo ofrecerle algo de tomar —expresó Garrow.

—Sí. Un café estaría bien —respondió la visita.

—Creo que sé qué lleva en ese maletín. Si es tal como me ha dicho, me muero por verlo.

—Es mejor —respondió la persona.

Miraba a Garrow y decidía a qué animal lo asemejaba. Tal vez una rata. Sí. Una asquerosa rata. Aunque su apariencia era correcta. No. No sería una rata, sino un pájaro empalador. Había visto su actuar. Eran pájaros que una vez que cazaban a sus presas las clavaban sobre espinas para comenzar a devorarlas. Eran unos animales crueles y fríos. Como Garrow. De seguro le gustaba observar el sufrimiento. Esa persona lo sabía. Lo había visto en su rostro, una vez, en el banco. Por casualidad, estaba allí y los dioses condujeron su mirada a la cara de Garrow. Era evidente su satisfacción ante un rechazo que acababa de exponer a un cliente del banco. Era un sujeto que no merecía vivir, de los que no ven más allá de sus narices.

Garrow sonrió.

—Ya le traeré el café —dijo.

La persona esperó a que Garrow se dirigiera a la cocina. Cuando comenzó a avanzar hacia ella, le dijo:

—Es interesante esa escultura. Muestra ferocidad —manifestó.

—Sí. Es algo diferente —convino Garrow y se dirigió a preparar el café. Sacó una pequeña cafetera de cápsulas que tenía guardada en un cajón. La conectó. Llenó su recipiente de agua y tomó una taza blanca de otro cajón. También la cápsula de café y la puso en la cavidad correspondiente del aparato. Accionó el botón para hacer un café largo. Una vez que el líquido terminó de caer, tomó la taza y la llevó a manos de la persona que sería su verdugo.

—Debe ser duro trabajar en el banco y negar préstamos a las personas. Aunque también debe ser satisfactorio aprobarlos —dijo la persona al tiempo en que recibía el café de manos de su víctima.

—Las reglas son las reglas. Si una persona sabe que no cumple con los requisitos para obtener unos recursos en préstamo, por qué se aventura a solicitarlo. ¿Sabe por qué? Porque está contando con la amabilidad, pero no se puede contar con ella para que las cosas se produzcan. No se imagina la cantidad de cosas que me han dicho en el banco; enfermedades ficticias, modelos de emprendimientos comerciales sin ton ni son, urgencias dudosas. De todo. Los peores son los artistas. Creen que cualquier cosa que hagan se venderá como pan caliente y que el banco está en la obligación de financiar sus proyectos solo porque son de ellos. Yo, la verdad, cada vez entiendo menos este mundo.

—Pienso como usted. Por eso hay que buscar la clave en el plano espiritual —le dijo. Tenía curiosidad de saber su respuesta.

—Yo en el plano espiritual nunca he encontrado nada, la verdad —respondió Garrow.

—Este lugar es muy claro. La luz es maravillosa —manifestó.

—Sí. Está muy bien —asintió Garrow. Comenzaba a impacientarse. Después de todo, la razón de haber recibido aquella visita no era precisamente social.

La visita terminó de tomar el café y le entregó la taza a Garrow. Este pensó que estaba perdiendo el tiempo y que deseaba estar solo. Tomó la taza sin decir nada y se dio la vuelta para llevarla de inmediato al lavaplatos. No le gustaba dejar objetos fuera de lugar. La persona se levantó y aprovechó que Garrow estaba de espaldas para atacarlo. Puso sus manos sobre el cuello, tal como hizo con Marina, y apretó hasta dejarlo inconsciente.

Luego cumplió el rito otra vez. El pájaro empalador había dejado de existir.

2

Leí en voz alta:

La maldad se nos presenta en aquellas personas a las que nunca debe-ríamos mirar a la cara. Ellas ahogan nuestras mejores intenciones. Nos enfrentan a unos con otros. Son lobos disfrazados de corderos, dividendos absolutos, separadores de oficio, potenciadores de nuestros propios venenos. Cuando alguien confunde tu alma, debes destruirlo y destruir su corazón, porque ese órgano es solo un despiste, una gran mentira. Cuento con fuerzas divinas que se mueven para desenmascarar a los seres malignos que conviven con nosotros, y también para acabarlos. Hay una sola manera de hacerlo bien, y es asesinándolos de una forma específica. Por eso a John Garrow le he dejado con la cara al sol. Así la podredumbre de su interior, velada, se acabaría y moriría por completo.

También leí para Anne el primer párrafo de la misiva.

—¿Qué opinas? —preguntó ella cuando terminé.

—Que sí debe haber sido el asesino el autor de esta carta. Creo que el detalle de haber dejado la cabeza de Garrow más cerca de la ventana no salió en los medios. Por eso dice lo de la luz en su cara —le dije.

—Tienes razón. Pero es poca cosa lo que dice en esa carta

que nos brinde alguna pista. ¿Y por qué escribir a Burtin? Es que no logro explicármelo.

—Puede que el asesino sepa del interés de Burtin por sus actos, y sepa además que por esa razón él estaba en el cementerio durante el entierro de Marina Dall. Tal vez crea que es un buen interlocutor, tal como él dijo. O…

—O el asesino es el propio Burtin —completó Anne.

—Sí —afirmé.

—Mejor vayamos a hablar con Wood. Déjame la carta para enviarle fotos a Rossy —me pidió.

Se la entregué.

—No es tan extensa, como dijo el profesor. Es solo que el tamaño de la letra es bastante grande y hay mucho espacio entre una letra y otra. Mira que es arriesgado entregar un manuscrito, porque la escritura propia arroja más pistas que la de un ordenador. Hacía mucho tiempo que no veía algo así… un asesino que escriba de su propio puño y letra —reconoció Anne.

—Tal vez el asesino está muy seguro de sí mismo. Es muy confiado y supone que nunca lo atraparemos. Incluso si se interesó por la presencia de Burtin en el cementerio, fue porque él también estuvo allí. Lo que significa que es audaz y no teme que lo descubramos —comenté.

—Ojalá sea así, porque ese es el primer paso para que cometa un error —argumentó Anne, pero me pareció que no lo hizo muy convencida.

—Me pregunto a qué se refiere cuando dice lo de la «forma específica». ¿Cuál es la forma específica en la que ha asesinado a Marina Dall, a Bennet y a Clara Holland que los distinga entre sí? Es extraño que solo nombre a esta «forma específica» en relación con John Garrow. Por otro lado, nombra el corazón y uno piensa que debió hacer algo con el corazón de las víctimas. Sería una posibilidad, pero no ha sido así. Aunque bien pudiera estar haciendo esa referencia en sentido figurado. La parte del cuerpo humano que ha destruido ha sido el cuello. Claro que podría verse como la zona que conecta la razón y la pasión, el cerebro y el corazón —expliqué para mí misma y también para Anne.

Ella arrugó la frente y luego no supo qué decirme.

3

—¿OTRA vez aquí? Entiendo que el rector McKenzie ya ha dejado clara la posición de nuestra institución ante el acoso que han ejercido sobre ella —dijo Gía Wood, una vez que nos vio, apenas entramos por la puerta de su oficina.

Era una mujer delgada y muy pálida. Su pelo iba recogido en una cola alta. Sus ojos eran pequeños, sus labios gruesos estaban pintados de un tono oscuro. Tenía la nariz pequeña y la cara redonda.

Cuando nos vio, puso cara de pocos amigos.

Anne suspiró. Fue como su forma de decir «aquí vamos otra vez». Sin duda, Gía Wood era una mujer hostil.

—Hay algunas cosas que quisiéramos aclarar. Como por ejemplo, qué estuvo haciendo la noche del 7 de octubre — respondió Anne.

Gía Wood sonrió con una sonrisa irónica.

Nos invitó a pasar y a sentarnos en dos sillas que estaban dispuestas frente al escritorio que ocupaba. Anne lo hizo primero y yo la seguí. Pero quise aguardar para sentarme. Primero quería hacerme una idea de ese lugar y lo miré de arriba abajo, manteniéndome de pie. Me di cuenta de que el orden era impasible, perfecto. Tal vez demasiado fingido. Había libros, estanterías, mesas, papeles, pero todo estaba acomodado de una forma impecable, como si en realidad allí nadie leyera, ni escribiera, ni hojeara libros.

Me fijé en una gran fotografía de una nebulosa que gobernaba una de las paredes, la misma de la puerta. Me acerqué a ella y la toqué, en un acto reflejo. Era bella, como un imán. Una foto de la grandeza del universo representada en un estallido de colores hermosos. Entonces vi, en mi cabeza, la cara de un hombre con la mirada perdida. Parecía pobre y enfermo. Era alguien ultrajado. Eso sentí. No sabía quién era. Era la primera vez que lo veía. Volví a sentir náuseas.

—¿Se encuentra bien? —me preguntó Wood—. Porque hoy Mary no ha venido. Tiene un problema en casa con uno de los chicos y me ha dejado sola en esta planta. Los otros profesores están en un evento en el planetario, así que, si está indispuesta, es mejor que me lo diga para llamar a alguien de seguridad —exclamó Gía Wood.

Me pareció notar cierto tono de reproche en sus palabras. Como si el hecho de que me indispusiera fuera un inconveniente para ella. Además, cuando dijo «otros profesores», noté un dejo de resentimiento, como si la hubiesen excluido de lo que fuera que estuviesen haciendo ellos en el evento mencionado.

Respondí que me encontraba bien y continué deslizando la mano en la fotografía. Mi cerebro ahora estaba en blanco. Recordé que en mis notas hablaba del marido de Gía. Así que supuse que ese hombre humillado de la imagen en mi cabeza era él. Tal vez ella fuera una mujer maltratadora. También recordé haber anotado que no había aviones, y pensé que si mi cerebro funcionaba antes como ahora, esa observación debía responder a algo de lo que me percaté en su oficina.

Anne sabía cuál era el camino para llegar hasta allí, y eso me permitía deducir que antes habíamos hablado con Gía en ese lugar. Además, era cierto: en ese lugar no había aviones. ¿Tendría que haberlos? Podría ser, siendo ingeniera aeronáutica.

Anne ya se había sentado y yo me dirigí a hacerlo también. Entonces, cuando estuve junto a la silla que ocuparía en breve, le tendí la mano a Gía. Ella se sorprendió y me la estrechó sin levantarse. Fue cuando percibí una gran ira de su parte, pero no para conmigo, sino para con John Garrow. Vi a Gía Wood salir de la agencia bancaria, del Conway Bank, con lágrimas en los ojos.

—¿Por qué no nos ha dicho que conocía a John Garrow? —interrogué, tomándola por sorpresa.

—Veo que ya al fin lo han descubierto…

Me dije que mis habilidades eran ciertas. Que era capaz de presentir, de comprender cosas que los demás sentían o habían sentido. Que aunque mi mente estuviera confusa, nadie como yo podía valer para este trabajo. Desde que había encontrado con vida a Cameron, no me había sentido tan bien.

4

Gía me miró con expresión altanera.

—Pensé que, como mi solicitud estaba a cargo de otro agente bancario, no lo notarían. Pues sí que lo conocía, y lo odiaba. Pero eso no significa que lo haya matado. Ustedes ya no encuentran de dónde tirar. Primero husmeando mi ida al cementerio, cuando todos saben que voy frecuentemente a la tumba de mi madre. Les dije que le preguntaran a Philip, mi marido, pero creo que ni siquiera han hablado con él…

Anne me miró extrañada. No sabía a lo que nos referíamos.

—Me temo que fue, debido a problemas económicos, a solicitar un préstamo bancario y no lo logró, puede que por la intervención de John Garrow —le aclaré a Anne.

—Así es. Pensé que Philip me tendería una mano, pero al final no resultó ser como se mostró al principio. Tuve que resolverlo por mis propios medios, y uno de ellos era solicitar un préstamo en ese banco que usted ha mencionado. La agente encargada de mi caso estaba a favor de otorgármelo, pero entonces el bueno de Garrow se interpuso. Fue, digamos, una negación de préstamo bastante gratuita por su parte. De hecho, ni siquiera en el banco lo entendieron. Parecía algo personal, pero no podía serlo porque yo a ese hombre no lo conocía de nada —explicó Gía.

En la medida en que hablaba, sus ojos me parecían más pequeños y su cara más ancha. La ira que había en sus ojos me recordó la imagen del lobo negro de Garrow. De repente, comenzó a pestañear con mayor rapidez.

—¿Ha estado usted en el piso de John Garrow? —pregunté de improviso.

—Les he dicho antes que no —respondió, parca.

En ese momento, escuchamos unos pasos y de pronto la puerta de la oficina se abrió de manera intempestiva. Con ella, una corriente de aire frío pasó hasta nosotras. En el umbral se había quedado de pie un chico joven, como de unos veintidós o veintitrés años.

—Usted se ha equivocado conmigo, profesora. ¡Lo suyo es pura fantasía y lo he detectado! —exclamó con aire de triunfo.

—¿Cómo se atreve a interrumpirme de esa forma? —preguntó Gía, levantándose.

La situación era tensa.

El joven miró a Anne y luego a mí. Reconoció que no éramos de allí, de la universidad. Creo que eso fue lo que dedujo y se puso en guardia ante nosotras. Nos miraba con curiosidad y a la vez con precaución.

—Son detectives de homicidios —aclaró Gía.

El joven sonrió de manera sarcástica.

—Tenemos que hablar sobre «su» trabajo de grado. Hoy a las siete y media en el salón de consultas —dijo. Dio media vuelta y se fue.

—Se creen con el derecho de saltarse las formalidades y la

educación. Son unos groseros insufribles. Pero la vida se encargará de cobrárselas. Esa altanería. Dios me libre de continuar relacionándome con «genios» —expresó Gía. Luego volvió a sentarse.

—¿Por qué no nos dijo lo de su *impasse* con Garrow antes? —preguntó Anne.

—No era importante —respondió ella.

—¿Eso lo decide usted? Lo que es importante —interrogó Anne, arqueando las cejas. No podía creer tanta arrogancia de parte de esa mujer, ocultándonos información relevante.

—Mi querida detective… El universo es una combinación de decisiones azarosas que en conjunto definen las existencias. Así se crean las supuestas verdades. Usted cree como una verdad infranqueable que yo tuve una razón para asesinar a John Garrow porque le da mucha importancia a un hecho, a la negación de un préstamo, porque cree que ese hecho es denso para mí. Ahora la física cuántica ha cambiado un montón. Antes se creía que el átomo, su núcleo, era sólido, pero no es así. Ahora se sabe que es como una fina membrana que envuelve algo más. ¿Sabe qué? En realidad no hay nada adentro, es vacío. Es una fina membrana que separa un vacío de otro. Al final, todos somos aire y vacío. Partículas flotando. Hasta lo que creemos más sólido. Y viéndolo así, todos esos principios tan robustos que nos encierran a las personas están desfasados, no tienen sentido. Por eso, el poshumanismo debe acabar con el humanismo retrogrado tan lleno de convicciones y verdades como las que ustedes creen descubrir. La ciencia policial es algo del pasado. Así que no pretenda saber algo de mí porque ahora sabe que Garrow me negó un préstamo —concluyó.

—¿Y cuál es la verdad entonces? —pregunté.

—Es sencilla. Garrow pudo haberme negado el préstamo

bancario, pero eso no acabó con mi vida. Me hizo más fuerte. Era un idiota apegado a las normas. Frígido, diría yo. Uno que no lograba disfrutar de la vida, de la emoción de los momentos únicos. Como un ser negro, de los que consumen todo, como un agujero negro en el espacio. Yo, en cambio, sigo con mi vida y él está muerto. Puede que lo estuviera desde antes. Alguien decía que muchos hombres mueren a los quince, pero se mantienen vivos hasta los setenta. ¿Comprenden? John Garrow era así, un muerto en vida.

—¿Tiene alguna idea de la razón por la cual alguien asesinaría a John Garrow? —pregunté.

—Ya eso me lo ha preguntado antes —replicó con voz violenta.

No sabía de lo que hablaba. Anne intervino.

—Hacemos una y otra vez las mismas preguntas.

—Para ver si una comete un error. Lo entiendo. No sé quién pudo matar a ese hombre porque para mí era tan insignificante que asesinarlo sería darle mayor importancia. Tampoco sé quién puedo asesinar a Marina Dall, ni al otro sujeto, ni a la nueva víctima. No tengo nada que ver con esas muertes —afirmó.

Hizo una pausa.

—Veo que no me están comprendiendo. Intentaré explicarlo. La vida es un compendio de sucesos azarosos. Lo que podemos controlar de nuestras vidas es realmente un porcentaje muy pequeño. Es como un juego. Todos deberíamos comprender que la esencia de la existencia es lúdica, y aceptar eso nos haría mejor. Rescataríamos la emoción de los momentos únicos que vivimos. Las personas como Garrow son tóxicas, son casi accidentes. No hay que perder tiempo en ellos, y mucho menos para asesinarlos y correr el riesgo de ser detenido y perder la libertad. Lo que sí, la gente que no ve emoción en la vida debería suicidarse porque impregnan de mala energía, de luz negra, a todos a su alrededor.

Anne me miró. Creía descubrir lo que estaba pensando. Para mi compañera, Gía Wood debía estar como una cabra. Pero, en todo caso, sería una cabra presuntuosa.

Entonces, comprendí la importancia de mis propias palabras, las relativas a la ausencia de los aviones. Aunque Gía fuera ingeniera aeronáutica, no era esa disciplina la que la apasionaba. Su razonamiento no era lógico, matemático, ni el natural proveniente de una mente dedicada a los cálculos y a las precisiones. Lo que parecía mover a Gía Wood era un deseo marcado por la emoción, por la efusividad. También por la filosofía, comprendida a su manera.

Era una mujer desconcertante, impulsiva, difícil de tratar. Sentí pena por Mary, la que imaginaba era su secretaria. No sería fácil la relación diaria con esta mujer, menos desde una posición laboral inferior.

En ese momento, un mensaje de Rossy llegó a mi móvil:

«Gía Wood tiene problemas de juego. Por eso está arruinada».

Me dije que tal vez John Garrow lo sabía y por eso le negó el préstamo. Se tomaría la licencia moral para cuestionar la ludopatía de Gía, ese hombre que espiaba a sus vecinas, pero así solía suceder. Los más defensores de la moral, los estrictos y paladines de lo correcto, solían guardar oscuros secretos. También recordé que Bennet era alcohólico y jugador.

¿Que una víctima y un sospechoso compartieran una característica significaría algo?

¿Sería que para el asesino la ludopatía era algo imperdonable? Bien podría Gía mostrarse como portadora de una filosofía singular, pero en el fondo ser cuestionadora de los juegos y las emociones. Podría hacerlo para despistarnos. Tal vez en eso se centraba su conversión, en que había superado su pulsión jugadora. Fue la primera vez que pensé que quizás el responsable de los asesinatos estaba castigando los vicios. Para Garrow era un vicio observar la intimidad de los demás, para Bennet, violar chicas y el alcohol. ¿Cuál era el vicio de Marina Dall?

5

Salimos de la oficina, con la promesa de que nos volveríamos a ver. Eso le alertó Anne a Gía. Ella sonrió de manera irónica una vez más. Dijo que volvería a hablar con el rector para que eso no sucediera.

Una vez en el sendero que nos conducía al coche, mi compañera exclamó:

—Está como una cabra. ¿Has leído el mensaje de Rossy?

—Sí. Ahora mismo —le respondí. Comprendí que nos lo había enviado a ambas.

—Parece que ha retirado importantes sumas de dinero de las cuentas de Philip, su esposo. Este pudo haber reaccionado y cortar el suministro de dinero para ella. Por eso debió haber solicitado el préstamo en la agencia de Garrow. No voy a preguntarte cómo lo supiste...

—He notado en ella un gran desenfreno contenido en medio de un lugar muy ordenado, pero falso, como una explosión caótica. Como lo es esa imagen de la nebulosa de la fotografía, como la compulsión por jugar y perderlo todo en un instante... Sin duda, Gía Wood es una ludópata compulsiva. Y puede que también sea un fraude. Me pareció que ese chico había llegado allí con algo en contra de Wood. Algo gordo. Como si hubiese descubierto una cosa mal hecha, un plagio tal vez. Habló de su tesis de grado. Me parece que Gía no es buena en su oficio. Por eso todos los demás profesores de su área fueron a alguna parte a la que ella no fue... —afirmé.

Anne asintió.

—Y creo que lo vi —dije en voz alta, pero en realidad lo hacía para mí misma.

—¿A quién?

—A su marido, Philip. Cuando toqué la imagen de la nebulosa. Es víctima de ella, de alguna forma... ¿Lo vimos? ¿Hablamos con él? —pregunté.

—No. Están separados. Philip James no se encontraba en Wichita cuando asesinaron a Marina ni a Garrow. En parte, por eso ella no tiene coartada. No vimos la necesidad de hablar con él. Ahora ha vuelto de Buenos Aires. Podemos visitarlo si lo crees necesario. —expresó Anne.

—Es posible que sea útil hablar con él —respondí al tiempo en que recordaba al hombre que había aparecido en mi cabeza.

—Esta mujer no es mi idea de ingeniera. No sé. Tal vez padezco de lo que ella llamó algo «retrógrado», pretencioso de verdades, y no sé qué diablos más, pero me pareció más una fanática de algún tipo de creencias. Y eso coincide con lo que me dijiste antes de perder la memoria. Que creías que el asesino era un ser converso —reconoció Anne e hizo una pausa, luego continuó—. Gía Wood podría ser una asesina. Por otro lado, si su objetivo era acabar con Garrow por considerarlo «tóxico» y así cobrarse que le negara el préstamo, por qué matar a Marina, a Clara, a Bennet. No tiene sentido... —argumentó.

—No creo que el hombre o la mujer que buscamos mate

por motivos tan simples como un altercado por la negación de un préstamo bancario. El velo, las amputaciones y el hecho de que sea un asesino serial me llevan a pensar en otra dirección. Creo que asesina por una convicción trascendental. Como lo que ha escrito en la carta. Él, o ella, debe creer que lo que hace está bien. Pero también es cierto que podríamos estar ante la presencia de un sujeto capaz de solapar sus verdaderas intenciones y resentimientos con un barniz de filosofía o religión. Bien podría ser alguien capaz de dotar de sentido religioso a su rabia o su sed de venganza. Después de todo, se necesita una ira contenida y mucho odio para romper todos los huesos del cuello de sus víctimas, para amputar la mano de alguien. ¿No lo crees? Podría ser alguien capaz de fingir su odio, y todo ello ser parte de su plan para salir de nuestro radar de sospechas. Tal vez la misma Gía Wood no cree nada de lo que nos ha dicho, sino todo lo contrario, es la persona más rígida del planeta. Quizás se haya convertido y ya no sea ludópata, sino fanática de algún tipo de religión y se ampara en su propio pasado para despistar. Podría ser cualquiera: Burtin, Wood. Hasta podría ser Bonn… —afirmé.

Apenas dije ese último apellido, me extrañé de lo que había dicho. Otra vez percibí el olor a azahar, y miré a lo lejos un pino plantado en el campus cuyo penacho se doblaba tras la fuerza del viento.

Anne se cerró la chaqueta que llevaba puesta.

«¿Por qué había recordado al vecino de John Garrow de repente?», me pregunté al tiempo en que ella me hacía la misma pregunta en voz alta.

—No lo sé —respondí.

Pensé que había sido porque una chica corredora pasaba por nuestro lado, en el sendero, y también miraba algo en su reloj inteligente.

Había cosas en mi cabeza que todavía no sabía descifrar.

6

ANNE MIRÓ algo en su móvil.

—Lilian me ha escrito para confirmar que Edna Patel te espera en el Instituto Neurológico, donde también tiene un consultorio. Es una suerte porque está justo a cinco minutos de aquí. Llegaremos a tiempo —afirmó.

Salimos del campus universitario y tomamos la avenida Roosevelt. Dejamos atrás los edificios blancos que lo componían, rodeados de árboles de altura, donde se respiraba ese olor vegetal agradable, y nos internamos en la noche fría de la ciudad. Al salir del campus tuve la sensación de que abandonábamos un territorio más cálido, lleno de esperanzas que construían un ambiente colectivo agradable, y que ahora transitábamos otro terreno en donde operaba un asesino serial que aún no atrapábamos. No sé por qué pensé eso, como si el campus universitario pudiese estar a salvo de su acción. No lo estaba. Si Paul Burtin decía la verdad, el asesino logró burlar los controles de seguridad, se había colado ahí y le había dejado la carta. A menos que no le hubiese sido necesario, que ya perteneciera a la comunidad universitaria. Que fuera el mismo Burtin o Gía Wood.

—¿Te dije que creía que el asesino estaba ligado a la universidad? —le pregunté a Anne, rompiendo el silencio que iba con nosotras en el coche.

—Disculpa, ¿qué has dicho? Estaba distraída pensando en otra cosa —me respondió.

La pillé mirando por la ventanilla a una mujer que llevaba consigo un cochecito. Con la mano derecha empujaba el coche de bebé y con la otra llevaba asida a una niña que vestía una chaqueta rosa. Anne debió recordar su pasado.

Volví a repetirle la pregunta.

—Sí. Creías que la clave estaba en la universidad, pero no sé si te referías a esta universidad en concreto o a algo más abstracto relacionado con la intelectualidad en general. Tampoco supe jamás por qué viajaste a Topeka, por qué necesitabas ver a Clara Holland. Si me lo hubieras dicho… —manifestó, pero dejó la frase inconclusa. Me pareció un reproche sentido. Como si le hubiese dolido mi secreto.

—No sé por qué —continuó— este asesino quiso culparte, dejándote esos objetos que se llevó de las víctimas. Tampoco qué fue lo que te hizo para que perdieras la memoria así. Pero para eso esperemos a ver qué dice Patel.

Asentí y luego callé. No sería fácil para Anne aceptar que su compañera le guardara secretos. Hicimos silencio y continuamos nuestro camino. En la medida en que transcurrían los minutos, una presión iba apoderándose de mí. Una presión entre las sienes y en la boca del estómago. Era una sensación desagradable. Más que las náuseas.

Tal como dijo Anne, en poco tiempo estuvimos frente a una edificación muy parecida a las que integraban el campus universitario. Después comprendí por qué. El Instituto Neurológico era en realidad el Instituto Universitario Neurológico.

Varias universidades del país contaban con institutos de consulta y atención médica especializada donde los profesionales ejercían y a la vez brindaban clases. Aquello era un edificio muy parecido al que acabábamos de abandonar; blanco, rectangular, de al menos cuatro pisos. Pero este no estaba rodeado de árboles.

Recuerdo que leí el anuncio que resaltaba en letras azules con su nombre.

—Allí hay una cafetería. No me hacen gracia los hospitales. Te esperaré tomándome algo —me dijo Anne.

Le agradecí y me bajé del coche frente a la puerta principal. Ella se dirigió al lugar que había descrito. La vi estacionar el coche justo frente a la puerta de un local llamado Cafetería Grundy. Compartía el mismo aparcamiento que el del instituto. En ese momento se encontraba casi desierto. Solo había tres o cuatro vehículos estacionados.

Entré en el instituto.

Sentí un escalofrío. Algo debía suceder allí con la calefacción. Una mujer y un hombre vestidos con uniforme color celeste limpiaban el suelo, cada uno con una fregona.

Escuché una puerta cerrarse. Avancé hasta el módulo de información. No había nadie ocupándolo. La mujer que limpiaba se acercó a mí y me preguntó qué deseaba. Le dije que buscaba el consultorio de la doctora Edna Patel. Me dijo que subiera al cuarto piso.

Tomé el ascensor. La presión en las sienes no me abandonaba, al contrario, se incrementaba.

Las puertas de la cabina se abrieron. Salí. Escuché la voz de una mujer despidiendo a alguien.

—No te preocupes, Charlotte. Verás que el cansancio y el vértigo desaparecerán muy pronto.

Esas fueron sus palabras. Luego escuché las puertas de otra cabina de ascensor cerrarse. Salí del que yo había tomado. Y avancé en búsqueda de un directorio o algo que me indicara la ubicación del consultorio de Edna Patel. La mujer que creí que antes había despedido a un paciente me habló. Ella se hallaba de pie en mitad del corredor.

—Tú debes ser Alexis Carter. Ven, por favor —me dijo.

La seguí. Entramos a un consultorio que estaba identificado con su nombre. Me pidió que me sentara junto a ella en una mesita circular en un ambiente acogedor, donde se disfrutaba de una agradable temperatura y exhibía varias fotografías de paisajes hermosos: montañas verdes que de repente daban paso al mar azul. Eran de fábula. Recuerdo que pensé en ese momento que Gía Wood estaba equivocada, que la gran obsesión de las personas no era la emoción obtenida al jugar, sino la de admirar algo bello. Al menos, de algunas personas. Fue cuando me di cuenta de que algo en la conversación con Gía Wood había dejado huella en mi mente, pero en ese momento no supe de qué se trataba.

—Este es un lugar muy apacible —le dije a la doctora.

—Eso he intentado que sea. Ya bastantes tribulaciones tenemos encima como para no procurar un oasis aquí donde todo el mundo viene un poco nervioso —me dijo.

Era baja y delgada. Usaba lentes de montura. Llevaba el pelo recogido en un moño sencillo y bajo. Su pelo era negro. Mostraba algunas pecas en torno a la nariz. Tendría cincuenta años, calculé. Sus maneras y su hablar eran pausados.

—Me ha dicho Lilian que has tenido un accidente debido a tu trabajo. Pero no te preocupes por eso. Hoy mismo sabremos lo que te pasa y cómo hacer para que vuelvas a ser la misma de siempre —me dijo y sonrió.

Todo en ella era blando, amigable.

Me preguntó lo relativo a la pérdida de mi memoria y a los síntomas físicos que padecía. Una vez que estuvo informada, me pidió que la acompañara a la sala de imágenes. Me presentó a Josef, el técnico que me orientaría para la realización de la tomografía.

Lo peor fue cuando me vi cubierta por el tomógrafo. Una sensación de ahogo irracional me invadió. Sin embargo, la toleré. Para hacerlo, intenté recordar cosas agradables. Y lo logré. Me vi junto con una mujer que me quería y que me hablaba de un péndulo. Me decía que valía la pena continuar y que ella, mi abuela, sabía de mi valor. Pero luego vinieron a mi cabeza recuerdos desagradables. Había una bestia, un animal rabioso intentando devorarme en una habitación de un viejo edificio. Me sentí amenazada, pero luego vi otro animal, un licaón. Me miraba y me calmaba. También me vi junto a un hombre, sonriendo. ¿Sería Devin? Luego me recordé entrando en una cárcel, recibiendo una noticia: él ha muerto. ¿Quién había muerto?

Después de eso, descansé. Creo que incluso dormí. El tiempo se me hizo corto. Pensaba que ese tipo de exámenes tardarían más.

Josef me ayudó a ponerme de pie y me pidió que fuera a la sala a hablar con la doctora. Eso hice. Aguardé unos minutos. Luego ella llegó.

En su cara noté preocupación.

7

—Hay una mancha, una imagen que no me gusta en tu cerebro. Debes practicarte nuevos estudios. Te daré una receta médica para las náuseas y unas muestras de un medicamento que te ayudará a manejar la tensión. Debe tomarse cada ocho horas. Se trata de un antiinflamatorio. Debemos desinflamar el área lesionada para luego poder evaluar mejor. Tal como debieron haberte dicho cuando te practicaron las primeras evaluaciones, luego de haber recibido el golpe, no hay fractura ni ninguna lesión grave que te impida movilizarte ni llevar tu vida normal. Sin embargo, hay un área inflamada. O es eso o es algo distinto, pero por ahora no debemos hacer conjeturas —explicó.

Las noticias no eran alentadoras. Por primera vez creí que no volvería a ser la misma de antes, aunque no supiera ni siquiera cómo era antes. Sentí las lágrimas aparecer en mis ojos. Era como si se fuese capaz de sentir una pérdida sin tener clara conciencia de lo que en realidad estaba perdiendo. Muy desolador.

Agradecí a la doctora Edna Patel, recibí la receta médica y

el medicamento y salí de allí. No podía creer que mi amnesia tuviese una razón física. Pensaba que se debía en parte a la forma extraña que tenía mi cerebro de funcionar, por las imágenes que era capaz de ver que llegaban de repente. Estaba convencida de que ese estado de confusión no sería permanente porque se trataba de esperar a que la sinapsis de mis células cerebrales volviese a regularizarse, o algo así. Tenía consciencia de mi rareza y explicaba por ella mi estado amnésico. Pero parecía que las cosas eran más graves.

Caminé hacia la Cafetería Grundy. En realidad, necesitaba de una amiga. Y allí me esperaba una. Crucé la puerta. Percibí un olor a comida casera, tal vez a pastel de carne. Me sentí en casa.

La puerta del establecimiento tenía una de esas campanitas que se activan con el movimiento y que dejan en el ambiente ese sonido agudo de cristal que de alguna manera hacen recordar las cajas de música.

Vi a Anne sentada en una mesa. La más distante. Miraba su móvil. Luego levantó la vista y me saludó. También levantó la mano e intentó sonreír. Creo que, de alguna manera, sabía que no traía buenas noticias.

Caminé hacia ella. Escuché una canción en un volumen muy bajo.

«*There's a way*
Everybody say
To do each and every little thing».

La había escuchado. Estuve segura de que a mi padre le gustaba esa canción. Ahora, el recordar a medias, el no poder culminar con éxito los recuerdos era diferente para mí. Antes me lo explicaba como una conmoción, y ahora, en cambio, esa masa que había visto Patel adquiría una forma enemiga dentro de mí. Era como si una forma alienígena o parasitaria estuviese apoderándose de mi cabeza.

Alguien venía cantando la canción. Alguien que salió de la cocina tras el mostrador. Se trataba de una mujer de mediana edad, con una sonrisa agradable y un lunar muy cerca de los labios.

—Hola —dijo.

—Me esperan —respondí mirando a Anne.

—Bienvenida. ¿Le sirvo algo? —me preguntó con amabilidad.

—Una Coca-Cola *light*. Nada más —le respondí.

—Hago los mejores pasteles de carne de la ciudad. Me encantaría que los probara. Puedo darle un trozo sin costo alguno. A riesgo de parecer impertinente, le diré que creo que usted necesita comer algo —afirmó.

Tenía razón. Comer estaría bien. Había perdido la cuenta de cuándo fue la última vez que lo hice. Tenía que dar la pelea a lo que fuera que crecía en mi cabeza, a la enfermedad. Si lo que Gía Wood había dicho era cierto, y las células no eran más que membranas que separaban un vacío de otro, mis frágiles membranas iban a hacer el trabajo de defender el vacío, el mío, el de mi historia. Tenía que mantener una actitud positiva y de lucha. ¡Al diablo cualquier otra cosa que no fueran los pasteles de carne!

—Quiero una porción. Y la pagaré —le dije a la mujer. También intenté sonreír.

—No se va a arrepentir —respondió—. Soy Jocelyn —completó.

8

ALGUIEN SALIÓ de la cocina en ese momento. Se trataba de un hombre de mediana estatura y complexión robusta. Venía comiendo algo. Terminaba de tragarlo.

—Eliot, cariño, un trozo de pastel —pidió Jocelyn.

El hombre me sonrió.

Parecían personas felices, comunes, envidiables. Me pregunté si eso sería lo que el asesino sentía. Envidia de Marina Dall tal vez. ¿Pero quién podría envidiar a Garrow? Lo describían como un hombre antipático, sin ninguna habilidad social, de mal trato. Anne y yo sabíamos que además disfrutaba espiando y fotografiando a sus vecinos. Bennet tampoco era un sujeto envidiable; arruinado, en soledad, una mente perversa, un asesino. Deseché la idea de que la envidia fuera el móvil del asesino.

Llegué a la mesa donde se hallaba Anne. Ella hablaba por teléfono.

—No busques este fin de semana a los niños, Harry. Han pescado un resfrío y prefiero que se queden en casa tranquilos.

Dijo algo más y luego cortó.

Noté que la mujer llamada Jocelyn y el hombre llamado Eliot se habían quedado hablando sobre nosotras. Nos miraban y conversaban.

—¿No me preguntarás cómo me ha ido? —interrogué a Anne mientras me acomodaba en la silla frente a ella.

—Sí, claro. Perdona. Es que, ya sabes, las cosas domésticas que me agobian…

—Han visto algo en las imágenes. Hay que esperar —le dije.

En ese momento, el hombre de la cafetería se acercó con el trozo de pastel, un vaso con hielo y una botellita de Coca-Cola. Los puso sobre la mesa y se dispuso a emprender la retirada, pero luego se detuvo y nos habló.

—Perdonen que les interrumpa. Soy Eliot Grundy. Le he dicho a mi esposa que debemos hacerlo, que hay que contárselos. Ustedes son las detectives que investigan el caso del Velador, ¿verdad? —preguntó.

Ambas le respondimos, pero yo lo hice primero. Anne tardó un segundo más en hacerlo.

—Las he visto en la prensa. Allí decía que habían visitado al doctor Marc Fellbaum, que habían conversado con él. El hecho es que ese doctor Fellbaum ha venido aquí hace un mes más o menos. A estas horas la cafetería está vacía, como ven, pero más temprano no somos suficientes Jocelyn y yo para atender a los clientes. Y eso que el lugar es pequeño. En fin, lo que quiero decirles es que ese hombre hablaba con alguien, con otro hombre, y sin quererlo escuché parte de la conversación. No es que uno recuerde lo que anda oyendo por allí, a menos que sea algo desconcertante… —se justificó.

Comencé a brindarle toda mi atención a Eliot Grundy. Anne también lo hacía mientras guardaba el móvil en su bolso de mano.

—Lo desconcertante fue que dijo que esa mujer, Marina

Dall, se merecía lo que le había pasado. Eso fue al día siguiente de la noticia de su asesinato. Lo recuerdo como si fuera hoy. Estaba allí, en esa mesa —dijo, señalando el lugar —. Me parece que había ingerido alcohol. Dijo que se lo merecía porque había acosado laboralmente a una chica en su negocio de diseño de interiores, al punto que esta chica se había suicidado. En otros países hay una gran red de apoyo para el acoso laboral, es un infierno cotidiano que debe asfixiar, y pues si la gente necesita trabajar...

Dejó la frase incompleta. Anne y yo intercambiamos miradas.

—¿No lo sabían? —preguntó, mostrando incredulidad.

—¿Por qué Marc Fellbaum estaba aquí? ¿Es cliente habitual? —preguntó Anne.

El hombre respondió que iba con frecuencia porque participaba de un seminario sobre la capacidad cerebral de las personas mayores.

—A mí eso me parecen cantos de sirena, pero está muy bien que se armen con un discurso que ayude a evitar que las personas, cuando envejecemos, nos hagamos invisibles, como si fuéramos seres inservibles cuando dejamos de ser jóvenes. A todos nos pasara...

—¿Es que en este lugar brindan charlas sobre eso? —pregunté.

—Sí. En este instituto brindan charlas muy extrañas, si me lo pregunta —respondió Eliot Grundy.

Jocelyn se acercó a la mesa.

—Le he dicho a Eliot que las deje en paz, que permita que usted se coma su pastel sin distracciones. Deben estar ya cansadas de que la gente las aborde y les pregunte cosas siniestras.

Me pareció que Jocelyn era como una niña curiosa. Una cosa decía, pero era otra la que sentía. Estaba realmente emocionada de tenernos allí y de sacarnos información con relación al Velador. Sin embargo, al ver que nosotras no continuamos dándoles detalles del caso del asesino serial, se despidió deseándome que disfrutara del pastel y se fue a atender la llegada de otros comensales. El sonido de campanitas de la puerta volvió a inundar la cafetería y los Bee Gees ya no se escuchaban.

—Me ha preguntado si Fellbaum venía con frecuencia. Lo hace de vez en cuando. He sostenido conversaciones casuales con él en la cafetería. Me parece un hombre simpático, y por supuesto, no creo que tenga nada que ver con los asesinatos. Les digo esto porque creo que tal vez a Marina Dall la asesinaron debido a que era una persona cruel. Deben preguntar a Fellbaum por lo que les he contado. Me extraña que el doctor no les hablara de eso.

Una vez que Eliot Grundy dijo eso, también se despidió, deseándome buen provecho.

Nos quedamos pensando en lo que había dicho. Sin embargo, comencé a comer. El sabor del pastel me pareció exquisito. Lo necesitaba. Varias veces le pregunté a Anne si no quería probar del mío o pedir otro. Me dijo que no. Solo estaba tomando de una botellita de agua gasificada.

—No parece una casualidad que Marc Fellbaum también esté ligado de una u otra manera al ambiente universitario. Resulta que el instituto forma parte de la universidad. Así los tres sospechosos tienen eso en común —afirmó Anne.

—Además, lo del suicidio comienza a tomar forma: el profesor Paul Burtin lo estudia, el doctor Marc Fellbaum conoce de un suicidio «promovido» por la primera víctima del Velador, y esa filosofía inquietante que Wood defiende incluye su opinión de que la gente como Garrow debería suicidarse —le comenté.

—Tienes razón. Llamaré al Departamento. No hemos

tenido ninguna noticia sobre lo que ha dicho este hombre de la muerte de una chica en la empresa de Marina Dall. Pero lo investigaremos. Sí que es mucha coincidencia que todos traten o nos hayan hablado del suicidio de alguna manera. Es como si tuvieran algo en común que aún no vemos…

9

Salimos de la Cafetería Grundy.

Eran las diez de la noche. Ya no podía seguir posponiendo el volver a casa. Tenía que enfrentarme a mis propias sombras, a la situación de sentirme una extraña en el espacio que debía ser mi refugio.

—Recuérdame no volver aquí nunca más. Son personas muy invasivas —se quejó Anne—. Ojalá no hubiésemos venido —arguyó.

No me parecía para tanto. Además, nos habían dicho algo que podía ser importante para el caso. Sin embargo, no la contradije.

—¿Quieres dormir en otra parte? ¿Deseas estar sola? —me preguntó Anne apenas subimos al coche.

—Estaré bien, Anne. Llévame a casa, por favor —le respondí.

—¿La doctora te ha recetado algún medicamento? —preguntó.

—Sí. Me ha dado unas pastillas y me ha recetado otra cosa. Mañana la compraré. Ahora debo llegar a casa —le dije.

—Muy bien. Sin tráfico, estaremos en breve. Por suerte tengo conmigo una llave de tu piso. Me la diste en una oportunidad, así como yo te di una de mi casa. Fue como un pacto entre nosotras, una medida de seguridad por si alguna vez nos sucedía algo malo —recordó.

—No te preocupes. De todas formas, tengo la mía. Rose Eastman me entregó mis pertenencias al salir de la comisaría de Lusk y entre ellas estaban las llaves de lo que creo que es mi piso.

Anne se quedó pensativa.

—Me he quedado dando vueltas a lo que dijo Eliot Grundy. Lo de que Marina tal vez fuese una persona cruel. Bennet era un monstruo y tal vez Marina también lo fuera, a su manera más sutil, igual que Garrow. Puede que, después de todo, el asesino lo que quiera es hacer profilaxis social, tal como parece exponer en la carta y como puede entenderse del mensaje que me ha enviado. Vuelvo siempre a la misma idea de que la clave está en Marina Dall.

—Es la misma idea que has tenido siempre. Pero te juro que hemos indagado en ella y no ha surgido nada —respondió Anne—. Por cierto. Si quieres, dame las llaves de tu coche. Podemos enviarlo a buscar en Topeka. Querrás recuperarlo —sugirió.

Asentí y le entregué las llaves que también me había dado Rose.

—Creo que deberías solicitar vigilancia policial. Después de todo, el asesino te ha atacado y puede creer que su identidad está en peligro contigo —argumentó Anne.

—Estaré alerta —respondí.

—Está bien. En cuanto a la carta, te diré que no me gusta. Me parece que no dice nada. Parece un prólogo de un libro pesado de una autor que se vanagloria de saber escribir, pero que no tiene nada que decir —afirmó Anne.

—Puede ser. Tal vez nuestro asesino sea vacío, superficial... —respondí.

—La banalidad del mal —completó ella.

La miré, interrogante.

—¿No te fijaste? Es la expresión que aparece en el libro que tenía entre las manos el profesor Paul Burtin y que estaba hojeando en el auditorio cuando salimos —me respondió.

10

ANNE ME DEJÓ EN CASA. Subió conmigo a mi piso y una vez dentro se despidió.

Caminé, exploré. Me sentí a gusto, contrario a lo que creía que me pasaría. Tuve un destello de esperanza. Todo lo que allí había, todos los objetos me resultaron conocidos, algunos queridos, como si fueran parte de mi historia. Me dirigí a la habitación. Era bonita, confortable. Luego fui al baño y vi mi reflejo en el espejo. Aunque no supiera muchas cosas, creía que mi vida era lo que yo había deseado. Anne me dijo que antes había sido psicoterapeuta en Topeka y que luego llegué a Wichita para formarme como perfiladora criminal. En el medio, viví una tragedia: el asesinato de Devin Walsh, un hombre que yo amaba. Fue por él que Anne pensó que yo había tenido que ver con la muerte de Clara Holland, porque ella era su amante. Si todo eso era cierto, no había tenido una vida fácil, pero allí, viéndome ante el espejo, tuve la convicción de que era la vida que yo había querido, que no podía arrepentirme de nada, de ninguna decisión que hubiese tomado.

Salí al salón. Me senté en una silla que noté con un uso mayor que las otras del salón. Estaba frente a una ventana. Miré a un parque. Me quedé dormida.

Cuando desperté, me di cuenta de que en una mesita de junto había una libreta. La tomé. Revisé. Había unas anotaciones sobre el caso, pero resultaron ser las mismas que me había enviado a mí misma en el correo.

Tocaron a la puerta. Eran las diez de la noche.

Por un segundo, sentí miedo. Lo que dijo Anne era cierto. El asesino me había atacado y, a todas luces, había entablado una especie de vínculo conmigo.

Respiré profundo y me dije que debía calmarme.

Caminé y me detuve frente a la puerta aún cerrada. Abrí. Se trataba del agente del FBI Gael McCabe.

No tenía buena cara.

—¿Qué estás haciendo aquí? —le pregunté.

—Tú sí sabes dar buenas bienvenidas —me respondió.

Me hizo gracia el comentario aunque su visita me desconcertara. Me aparté para que pudiese entrar. Lo conduje al salón. Allí nos sentamos.

Me mostró en su móvil una noticia que saldría al otro día en prensa. Sus fuentes se lo habían confirmado. La noticia relataba que la policía, sin pistas, ahora utilizaba métodos no del todo científicos para dar con los asesinos.

—¿Qué diablos significa eso? —pregunté, mirándolo a la cara. Sus ojos grises querían decirme algo grave. Lo noté. Otra vez me pareció un hombre implacable, con esa apariencia tan formal. Siempre iba bien vestido, con la barba corta y perfecta.

—¿Quieres continuar leyendo o te lo explico yo? —me preguntó.

Le dije que lo hiciera él.

Acomodó el nudo de su corbata.

—He averiguado que en Topeka te vieron tocando cadáveres. Pusieron sobre ti a un agente importante de Asuntos Internos de esta zona, a Sebastian Hausmann, pero sus reportes pararon. ¿Puedes explicarme algo sobre tus métodos? —preguntó pasando la mano izquierda por la solapa de su traje azul.

En ese momento, volvió a sonar el timbre.

—¿Visitas a esta hora, detective Carter? —preguntó con un tono pícaro.

Me molestó su comentario. No tenía idea de quién podría llamar.

Me levanté y me dirigí a abrir la puerta.

Vi a un hombre muy atractivo que yo conocía. En mi cabeza brilló una palabra: Sebastian. Entonces, pronuncié su nombre.

—Eso es. Justamente. Sebastian Hausmann —dijo él.

Por alguna razón lo reconocí. No recordaba qué había pasado entre nosotros, pero fui capaz de reconocerlo. Eso me animó. La presencia de Gael McCabe no me resultaba del todo agradable, más bien, amenazadora.

—¿Puedo abrazarte? —me preguntó Sebastian.

Consentí.

Me gustó su calor, su olor.

—Me alegra mucho que estés a salvo y en casa —me dijo en voz más baja.

Me pregunté qué habría pasado entre nosotros. Me dio la impresión de que la atracción entre los dos era evidente. Además, ya Anne me lo había dicho.

Sebastian se separó de mí después del abrazo y miró por encima de mi hombro hacia dentro de la casa. Debió ver a Gael McCabe al final del corredor. Entonces, cambió un poco su actitud. Endureció la expresión.

—Entra —le pedí.

Él argumentó que solo quería saludarme y ver que estaba bien. Se despidió con tirantez, pero no por mí, sino por Gael. Vi cuando hizo un gesto con la cabeza como en señal de saludo. Supe que se conocían y que no se gustaban. Había tensión evidente, desagrado.

Insistí en que entrara. Le dije que el agente del FBI estaba allí para consultarme algo sobre una noticia. Me creyó. Lo vi en sus ojos.

Gael aún permanecía en el salón. Yo estaba de espaldas, pero no lo había escuchado acercarse a la puerta, así que eso deduje.

—Podemos vernos mañana si quieres. Sé que estás confusa. Anne me lo ha dicho, también Lilian. Pero con el tiempo las cosas volverán a su lugar. Podemos vernos para cenar si quieres —me dijo.

Sentí muchas ganas de aceptar y lo hice.

Se despidió de mí con un beso en la mejilla. Lo vi irse. Cerré la puerta y volví al salón.

Allí estaba Gael McCabe, mirando por la ventana hacia el exterior.

Lo vi de espaldas.

Me dije que era un hombre que gastaba mucho dinero en su apariencia personal. El traje que llevaba y los zapatos eran de marcas costosas. Eso parecía. Vestía un traje azul como recién sacado de una tienda de ropa, y la corbata era todavía más exclusiva.

—¿Qué vamos a hacer con el chivatazo en contra del Departamento de Homicidios de Wichita? —preguntó—. Te adelanto que la noticia lo que dice es que la detective Alexis Carter es un personaje enigmático, y muchos dicen que posee ciertas habilidades incomprensibles, que por ello suele tocar los muertos en los laboratorios forenses.

Se dio la vuelta después de decir eso.

Me detuve frente a él.

—No tengo idea de lo que están hablando, agente —afirmé.

Me miró un par de segundos. Caminó a mi lado y se alejó. Se dirigía a la puerta. De repente, se detuvo sin voltear.

—Fue él. Sebastian Haussmann quien envió los videos de vigilancia a Rose Eastman. Parece que tienes un poderoso ángel de la guarda de tu lado. Ya lo sospechaba yo. Alguien como él tiene amigos en todas partes, también en el Departamento Antiterrorismo, que es el que de un tiempo a esta parte controla los sistemas de vigilancia por cámara de la nación. Por otro lado, te digo que debe haber alguien de adentro dando información, intentando desacreditar al Departamento de Homicidios de Wichita. Recomendaré a la jefa Tonny que te aparte del caso —terminó diciendo.

Continuó caminando hacia la salida. Si no lo hubiese hecho, le habría pedido yo misma que se fuera.

Gael McCabe era mi enemigo. Ya no tenía ninguna duda.

11

EL AGENTE del FBI se fue.

Vi la puerta cerrarse tras de él.

Me sentí sola, atacada. Sabía que si me apartaban del caso y del trabajo, enloquecería. Si algo me mantenía en pie era trabajar.

Busqué un vaso y me serví agua.

Se había desatado en mí una sed inmensa. Lo tomé de una sola vez. Luego serví un poco más de agua y tomé.

Dejé el vaso sobre la encimera de la cocina. Abrí el refrigerador. Vi los alimentos que allí guardaba. Había algo que parecía una lasaña. Tenía buena pinta. Sentí hambre. Recordé el pastel de Jocelyn. Calenté una porción de la lasaña en el microondas y comí, de pie, mirando a través del cristal de la ventana. Me gustaba ese parque, esa vista. Luego me senté en la silla que antes me había gustado. Todavía tenía el plato entre las manos. Puse la cabeza hacia atrás. Ya no quería seguir comiendo. Sentí náuseas.

De repente, un ruido me hizo temblar. El dispositivo detector de humo comenzó a pitar sin motivo, era un pitido corto que se activaba en intervalos de cinco segundos. Me levanté, puse el plato sobre la encimera y presioné el botón del dispositivo con una vara de metal que conseguí en un armario, junto al refrigerador. El aparato dejó de hacer ruido, pero luego comenzó nuevamente.

Subí a una escalera que encontré en el mismo armario y destapé el dispositivo, me di cuenta de que no tenía batería.

¿Cómo sonaba sin batería?

¿Me lo estaba imaginando?

¡Era imposible!

Perdí el equilibrio y caí de la escalera. Me golpeé la cabeza y el brazo. Junto a mí, en el suelo, había un martillo quirúrgico y una sierra. Eran los objetos del asesino, del Velador. Un trozo de tela negra sobrevino, flotando y se posó sobre mi cara.

Brinqué en la silla. Estaba soñando. Me había quedado dormida con el plato de lasaña sobre mi regazo. El pitido que en el sueño provenía del detector de humo instalado en el techo del salón terminó siendo el sonido de mi móvil. Estaba sonando en el bolsillo del pantalón. Lo tomé.

Era un mensaje de Anne.

Tonny te ha retirado del caso y te pedirá mañana que te tomes unos días, hasta que recuperes por completo la memoria y las aguas vuelvan a su cauce. Solo quería avisarte. Lo siento.

Era inevitable. Fue Gael McCabe. Las lágrimas salieron profusas. La cabeza iba a estallarme. Recordé el mensaje del asesino. «Piensa en las personas que odias». McCabe me había quitado la única tabla de salvación que tenía conmigo. Yo no era una asesina, pero comprendí la fuerza que movía al asesino.

¿Quién le había quitado a él o a ella su tabla de salvación?

¿Qué clase de persona o qué clase de personas lo habían

conducido a construir esos diez tipos de gente que era necesario aniquilar?

Lo más seguro era que no lo descubriera jamás, porque
ahora me encontraba en una completa oscuridad. Ahora nada
me movía a luchar contra la confusión, contra la niebla que
no saldría de mi cabeza.

PARTE V

1

ANNE ENTRÓ EN LA IGLESIA. La misma donde se casó y donde bautizó a sus dos chicos.

En ese momento, estaba vacía. Afuera llovía. Su pelo estaba mojado.

Lloró amargamente. Las gotas de lluvia que corrían por su cuello y su cara se mezclaban con las lágrimas.

Pidió perdón a Dios y tocó varias veces la medalla en su cuello.

Se había atrevido a hacer cosas horrendas, deshonrosas. Buscó un anillo y un péndulo en la habitación de Alexis en el hotel de Lusk. Le dijo a la prensa que Alexis tocaba los cadáveres. Había traicionado a su amiga. También hizo algo peor que no quería ni recordar.

Solo Dios podría perdonarla. Eso le dijo y no quería, en un momento como ese, renunciar a su fe.

Salió corriendo de la iglesia y se detuvo en una esquina, donde nadie la escuchara. No le importaba la lluvia ni el frío.

Secó las lágrimas de su cara. Inspiró. Hizo una llamada con su móvil.

—Ya está hecho, está afuera. No les hagan daño a mis hijos. He cumplido. Ahora devuélvanmelos —demandó con la voz quebrada.

Escuchó unos segundos lo que decía su interlocutor.

Un ataque de llanto volvió sobre ella, intentó reponerse.

Escuchó otra vez.

—Allí estaré. Si les hacen algo a mis hijos, los mataré —dijo y colgó.

Tomó su coche y condujo a toda velocidad.

2

LLAMÉ A ANNE. No atendió la llamada. Volví a intentarlo. Nada.

Decidí tratar de descansar. No había nada que pudiera hacer a esa hora. Mañana intentaría convencer a la jefa Tonny de que me permitiera continuar en el caso. Me fui a la cama. Después de algún tiempo, logré conciliar el sueño. Descansé a medias. A cada hora me despertaba, sobresaltada. Comenzó a dolerme la cabeza. Busqué un calmante en el baño. Encontré Tylenol, tomé dos pastillas. Volví a la cama. Escuché unas voces que provenían de la calle. Alguien reía. Recordé las máscaras que exponía Burtin, sobre todo la que se acompañaba de fragmentos, tal como los cadáveres. Me senté en la cama porque algo comenzaba a tomar forma en mi cabeza y quería concentrarme en esa idea. Tal vez el asesino, al dejar la mano y el brazo amputado junto al resto del cuerpo, quería replicar una práctica arqueológica. Así se mostraban las piezas rotas. ¿Eran las víctimas piezas rotas para él? ¿Eran Marina, Bennet, Garrow personas rotas desde antes de morir? Quizás era eso lo que nos quería decir.

Sin duda, las suyas eran escenas simbólicas que rondaban la idea de la vida y la muerte. Eso era lo que parecía significar el velo. Tenía creencias, y debían ser religiosas porque justo eran esas las ideas que daban explicaciones sobre la vida y la muerte. Pero lo que decía Anne era cierto, la carta que según Burtin el asesino le dejó en el buzón de la universidad era superficial, estaba llena de palabras y ninguna idea llamativa u original. Era como si estuviera repitiendo algo, copiándolo. Gía era un fraude, estaba segura. Y el asesino podría también serlo, fingiendo ser un creador de una gran profundidad simbólica en las escenas, aunque tal vez fuera solo alguien que ni siquiera conocía los significados de un velo en el rostro.

No sabía qué pensar, y lo mejor era que dejara de hacerlo por el momento. Debía intentar descansar, aunque fuese despertándome cada tanto.

Al fin amaneció. Volví a llamar a Anne. No tomaba el teléfono. Pensé que no deseaba hablar conmigo. Tal vez sintiera pena por lo que había pasado conmigo, que la jefa decidiera enviarme a casa.

Me alisté y decidí hablar con Marc Fellbaum. Era, de los sospechosos, quien me faltaba por visitar. Aún podría hacerlo. Suponía que debía formalizar mi baja y que, mientras no firmara nada, podría al menos hacer algo más. Solo eso. Me di esa licencia. Sabía dónde vivía Fellbaum. Estaba en el expediente. Busqué en Google la ubicación. Tomé un taxi. Intenté despejar un poco la mente. Me fijé en el conductor. Me di cuenta de que tenía un tatuaje en el cuello. Se trataba de un espiral. No me gustó. Para mí era símbolo de estar atrapado. Una vez que se está dentro de uno, no se piensa en que se puede salir. Siempre se va más abajo, siguiendo la línea que se va reduciendo, desapareciendo.

Sacudí la cabeza. Sabía lo que me pasaba. Las noticias de Edna Patel no habían sido buenas y ahora la separación del trabajo tampoco lo era. Fue cuando recordé que no había tomado las pastillas que Patel me recetó. Tampoco había comprado las otras. Inspiré y volví a mirar el tatuaje del conductor. Intenté comunicarme de nuevo con Anne. Quería al menos decirle que iba a entrevistarme con Marc Fellbaum y que luego, si no lograba convencer a la jefa Tonny de mantenerme, me apartaría. Era muy posible que tuviese que dejar el trabajo para siempre si el problema en mi cabeza no tenía solución. Esa idea me espantaba, pero sabía muy bien que era una posibilidad. Sabía que Anne me entendería. A pesar de que la había visto distraída, como afectada, ella era mi amiga.

Pero me era imposible hablarle. A todas luces, ella no quería hablar conmigo.

Sentí la tentación de buscar la prensa *online* en el móvil. Leer qué decían de mí, pero no lo hice. Me daba igual. Ni yo misma sabría si lo que iba a leer sería verdad o mentira.

Recordé a Gael McCabe en casa, su antipática corrección y su ropa costosa. También a Sebastian Hausmann, que me había hecho bien. Me hacía bien pensar que esa noche tal vez lo vería. Quizás pudiera contarme cosas sobre mí misma.

Entre una idea y otra transcurrieron los minutos, y de repente el coche se detuvo. El conductor tosió. Fue como su indicación de que ya habíamos llegado. No me dijo ni una palabra en todo el trayecto. Pagué y bajé del vehículo. Pensé que lo mejor era no despedirme de él. Le pedí al conductor que me aguardara para luego sacarme de allí. El hombre asintió con la cabeza. Llegué a preguntarme si tendría alguna dificultad para hablar. Noté, en ese momento, que sus orejas tenían una forma puntiaguda, y que además del tatuaje en el cuello, también tenía una cicatriz cerca. Era como si se hubiese hecho el tatuaje, en parte, para enmascararla.

Di la vuelta y me detuve un instante frente a la casa grande, color marfil, que aparecía en el expediente como el lugar de residencia de Marc Fellbaum. Me pregunté si habría estado allí antes. El lugar no me producía nada. Las ventanas estaban cubiertas desde dentro por unas persianas verde oliva. La forma del edificio era rectangular, tenía una sola planta.

Me acerqué a la puerta y llamé. Muy rápido alguien abrió.

Me sucedió algo extraño cuando vi a Marc Fellbaum. Algo que no me pasó con Gía Wood ni con Paul Burtin.

3

Lo recordé. Sabía que había hablado con él antes.

Era un sujeto corpulento, dueño de un rostro difícil de olvidar, su nariz era grande y tenía los ojos muy juntos. Además, le noté un lunar en el ojo derecho y su tono de piel era tan blanco que parecía casi azulado, porque las venas de los párpados y del cuello se traslucían.

—Oiga, detective, no puede venir cada vez que le plazca. Algunas personas estamos ocupadas. Ahora mismo me disponía a salir. Una cosa es colaborar con la investigación y otra diferente es... Da igual. Entre. Espero que sea rápido — manifestó.

—En una investigación abierta surgen nuevas pistas siempre —respondí.

No dijo nada.

Pasamos a un pequeño despacho.

Experimenté un olor desagradable, a fármaco.

—Usted dirá —expresó al tiempo en que se sentó y me indicó dónde hacerlo yo.

—¿Puede decirme qué hizo la noche del 7 de octubre? —
le pregunté mientras me sentaba.

Inspiró con hastío. Se notaba incómodo. Además de impaciente.

—No lo recuerdo —respondió.

—¿Por qué no dijo nada sobre la chica que se suicidó producto del maltrato laboral de Marina Dall? ¿Sabe de lo que hablo? —insistí.

Sus ojos grises se abrieron un poco al escuchar mis preguntas.

—¿Sabe? Marina Dall era una mujer interesante —dijo a la vez que juntaba las manos y las entrelazaba—. Yo creo que su crueldad provenía de causas químicas. Su cerebro ha debido ser estudiado de forma más acuciosa, pero ese es el problema de los organismos vivos, que una vez que el corazón deja de latir o el cerebro deja de emitir sus impulsos químicos todo lo que se puede estudiar desaparece. Solo somos sistemas temporales, nada más... Fue una gran pérdida no poder estudiar mejor a Marina Dall. Su muerte fue una enorme pérdida...

—¿Por qué dice que era cruel? —pregunté.

—Ella no lo sabía. Era inconsciente. Me contó lo que hizo con esa chica. Con Kay Clayton, así se llamaba, y lo hizo totalmente desprovista de empatía. Parece que la chica era muy torpe. Se trataba de una pasante que apenas duró pocas semanas en el negocio de decoración de interiores de Dall. Ustedes de seguro no han dado con esa información porque me temo que la pasantía de la chica quedó registrada en otro lugar. Algo así me contó Marina. Cuando Marina Dall se sentía en confianza, era muy expresiva. El hecho es que cuando le dije que su cáncer había desaparecido se puso pletórica, como era de esperarse, y para retribuirme la buena noticia, de una forma, reconozco, perversa, me contó lo que le hizo a la chica.

Comenzaba a desesperarme.

—Clayton era una chica bastante insegura. Marina se dio a la tarea de cuestionar todo lo que hacía en su empresa, pero lo hizo de una forma inteligente. Primero le mostró amabilidad, prácticamente se hizo su amiga, y luego le dijo que tenía mucha confianza en ella. Así promovió que se implicara en proyectos creativos con ilusión, y luego, poco a poco, comenzó, como quien desarma un rompecabezas, a quitar una a una las piezas de la frágil seguridad que había creado de manera ficticia en Clayton. Además, la chica admiraba a Marina. Mucha gente admiraba a Marina. Debo reconocer que es de las cosas más espeluznantes que he escuchado, ese relato de Marina sobre Clayton. ¿Y sabe qué es lo más espeluznante? Que ella no hizo nada radical, es decir, no practicó una incisión definida o profunda, fue más como una gota que cae, cae y cae, y horada la superficie hasta que ya no queda nada.

Entendía lo que Fellbaum quería decir.

—¿Por qué piensa usted que Marina Dall hizo eso con Kay Clayton? —pregunté.

—Su química, su sinapsis cerebral. Verá, estudio eso de manera obsesiva. Lo hago por mis convicciones religiosas. Pertenezco a un grupo que rinde adoración a los dioses griegos. Un grupo selecto. Para los griegos conservadores, la edad era una prueba de superioridad, un rasgo de ser casi un semidiós. No fue así en general para los ineptos que la veían como una imperfección. Lamentablemente, los ineptos en todas las épocas históricas siempre son más.

Hizo una pausa y me miró como evaluando el efecto de sus palabras en mí.

—Estará pensando que Marina Dall no era una mujer

vieja. En efecto, no lo era. Pero me temo que su deterioro, sus huesos de cristal, eran un indicativo de que sus células cerebrales también estaban envejecidas. Y con esto quiero decir que era un excelente objeto de estudio, porque era como una mujer de química envejecida en un cuerpo algo más joven. Así, los griegos y quienes seguimos sus creencias afirmamos que el hombre en realidad tiende a la crueldad. Si entendemos esto, concluimos que los actos de bondad son contranaturales. Por lo que la clave estaría en crear sistemas de dogmas que partan de ese principio para que sean efectivas. Dejarnos de hipocresías humanistas y sobre todo volver al politeísmo. Creer en los dioses, algunos crueles y violentos, y no en un edulcorado y único dios bondadoso. Al menos, no solamente.

No sabía qué decir ante la peligrosa filosofía que Marc Fellbaum desplegaba ante mí, como orgulloso pavo real. Más bien, como un animal de sangre fría. Uno que ante el relato de lo que pudo haber contado Marina simplemente se maravillaba en lugar de cuestionar la crueldad de ella, o de pensar en Kay Clayton y en su vida desperdiciada. Y luego ponerse a hablar de ello en la cafetería de Jocelyn y Eliot Grundy como si nada, entre tazas de café y pastel de carne. Él también era una bestia.

Me di cuenta de algo. De lo que «no me cuadraba» de Fellbaum y que de seguro tenía que ver con lo que escribí en mis notas. Aunque podría estar fingiendo lo que no era. Era un hombre frío y el asesino parecía un ser sensible, retorcido pero sensible, con la intención de liberar al mundo de seres dañinos. Ese era el espíritu de la carta que había enviado a Burtin. Y eso no era precisamente lo que veía en Fellbaum, que parecía importarle un cuerno lo que sucediera con las personas que no eran de su interés. ¿O es que había varios asesinos?

Fellbaum continuó hablando.

—Y ahora se lo diré. Tengo una coartada para el momento del asesinato de Charlie Bennet. En ese momento me encontraba en una reunión del culto. Le agradezco que mantenga el secreto porque, en esta ciudad, algunas verdades conllevan a la exclusión *per se*. ¿Qué dirían mis pacientes si supieran que no profeso una religión común? Uno pensaría que nada, pero no es así. Usted debe saberlo muy bien... Las más duras exclusiones son las que no están escritas.

—¿Por qué dice que yo debo saberlo muy bien? —pregunté.

—Lo digo por lo que ha salido hoy en la prensa sobre usted... Nadie comprenderá sus métodos. Puede decirse que está acabada —sentenció.

Me pareció que intentaba disimular una sonrisa.

Abandoné la casa de Fellbaum. A medida que daba pasos, sentía el peso de la derrota. No teníamos nada contra él, ni contra Gía Wood, ni contra Paul Burtin. Por muy sospechoso que nos haya parecido que hubiesen ido al cementerio cuando enterraron a Marina Dall, no había nada en contra de ellos. Y los tres, cada uno a su manera, eran como impermeables a nuestras visitas, a nuestras preguntas. Me sentí impotente.

Por supuesto, iba a confirmar la coartada que había dado para la noche de la muerte de Charlie Bennet. Me di cuenta de que no le pregunté quién había participado con él de ese asunto religioso. Volví sobre mis pasos, sintiéndome una novata. Toqué a la puerta. Fellbaum abrió.

—¿Puede decirme los nombres de las personas que le acompañaron la noche de la muerte de Charlie Bennet? —pregunté.

—Por supuesto. Puede hablar con Edna Patel. Ella anoche me ha convencido de que les cuente de mi coartada, porque aunque con esto devele sobre nuestras creencias, siempre es mejor estar fuera de la cárcel que dentro. Las otras personas no desean que se revele su identidad, y si solo Edna puede confirmar mi coartada, entonces no será necesario que los demás salgan a la palestra pública…

Él continuaba hablando, pero en cierta forma me desconecté de sus palabras. Algo daba vueltas en mi cabeza. Cuando obtuve cierto orden en ella, lo interrumpí.

—¿Anoche a qué hora estaba usted con Edna Patel?

—Entre las siete y las ocho y media, más o menos. Iba a ver un paciente, pero este canceló y…

—¿Edna Patel tiene un consultorio en el Instituto Universitario Neurológico? —pregunté con voz lenta. Una especie de corrientazo cruzó mis pómulos y se concentró en el medio de mi frente.

—Sí. Pero hace tiempo que no atiende allí. Vamos solo a las reuniones del credo, porque es un lugar tranquilo, solitario.

Sí… era un lugar solitario. Justo un lugar en donde alguien se podría hacer pasar por otra persona…

—Muéstreme una fotografía de la doctora Edna Patel —le pedí. Un sabor amargo apareció en mi boca.

—Si así lo quiere —respondió y buscó en el bolsillo de su pantalón un teléfono móvil. Después de hacerlo, me lo mostró.

Aquella no era la mujer con la que yo había hablado.

¿POR QUÉ ALGUIEN querría hacerse pasar por una doctora para darme una mala noticia sobre mi salud? ¿Qué clase de broma macabra era aquello en mi contra?

La imagen del Instituto Universitario Neurológico apareció en mi cabeza, no como una visión de esas que a veces me atacaban, sino como un recuerdo. Ahora me parecía una institución deshumanizada, una organización fría y amenazante. Sentí en carne propia lo que había leído tantas veces: los centros de salud afectan la vitalidad de las personas porque estas se dan cuenta de que el poder sobre su vida y su muerte lo tiene gente que no tiene ningún interés personal en la vida del paciente. Eso había leído en alguna parte, aunque no recordara dónde. Y me había parecido algo radical el planteamiento, porque no hay que conocer a las personas para desear su bien. Pero ahora, esa convicción optimista de la humanidad se había vuelto su antónimo dentro de mí. No solo había confiado en una doctora, en alguien que no conocía. Sino que esta persona no era quien decía ser. ¡Era una impostora!

Me despedí de Fellbaum y me dirigí al taxi. En ese trayecto llamé a Lilian Peterson. Atendió. Detrás de su «hola» escuché a *Carmen* de Bizet.

—No se te ocurra prestar atención a lo que han dicho en la prensa de ti. Aquí todos hemos roto lanzas por ti, y la jefa Tonny también… —comenzó a decir, pero yo la interrumpí.

—¿Quién te avisó que la consulta con Patel era en el Instituto Neurológico? —pregunté sin siquiera saludar.

Pensé que era de las personas que, cuando algo las impacta, al principio solo ven un elemento del conjunto, solo un árbol en el bosque, pero a medida que los segundos transcurren se van explicando con mayor alcance la situación. En ese momento, fue cuando consideré que había varias personas intentando hacerme daño, no era solo una. La mujer que había suplantado a Patel, el hombre que me había preparado para el análisis del tomógrafo y que lucía tan profesional y amable, y alguien que había orquestado la suplantación. ¿Lilian Peterson? Después de todo, ella fue quien buscó mi cita.

—¿De qué estás hablando? —preguntó Lilian—. Creo que ya no atiende sus consultas en ese lugar. Ha quedado más para investigación y le resulta más cómodo realizar las consultas en el centro clínico más cercano a su casa…

—Llamaste a Anne, o le escribiste, y le dijiste que sería en el instituto… —comencé a decir, pero luego me callé.

—No he hecho tal cosa. Le expliqué a Anne justamente lo contrario. Le dije dónde sería la consulta y le insistí en que no fueras a perderla. También le aclaré que ya Edna no atendía en el instituto porque le gustaba trabajar en lugares más alegres, o algo así. ¿Pero a qué viene todo esto…?

—No es nada —le respondí y corté.

El hombre del tatuaje de espiral y las orejas puntiagudas me miraba, silente. Yo también lo veía a él. Creo que mi mirada reflejaba lo que sentía, porque él salió de su mutismo.

—¿Le sucede algo, señorita? —preguntó.

6

Escuché su voz lejana, como si estuviera a kilómetros de distancia.

¡Anne me había engañado y ahora lo sabía! Había propiciado mi visita al consultorio con la falsa Edna Patel. ¿Por qué había hecho eso? O era Anne o Lilian mentía. O tal vez Juliet o Rossy. Las dos estaban cerca cuando Lilian me habló de la cita. Cualquiera pudo haber llamado a Anne y decirle el cambio de lugar para la consulta, argumentando actuar en nombre de Lilian. Era tirado por los pelos, pero era posible. No lo sabría hasta que no hablara con Anne.

Subí al coche y volví a llamarla. No respondió.

—¿A dónde la llevo? —me preguntó el taxista.

—Al Instituto Universitario Neurológico, cerca del campus —le respondí.

Él se hizo cargo y condujo hacia allá. Había tráfico. Me pareció una eternidad ese trayecto. Quería estar de nuevo en el instituto para buscar alguna cámara de vigilancia. Tenía que actuar con inteligencia. Quienes fueran los que estaban dentro del complot en mi contra no sabían que los había descubierto. Fue un hallazgo casual. La única que podía sospechar que algo extraño ocurría era Lilian, pero algo me decía que ella no tenía nada que ver con lo sucedido. Tenía que aprovechar la información que tenía bajo la manga. Así que lo mejor era buscar pistas en el lugar donde la falsa Patel y su ayudante habían estado. Tal vez alguien viera algo. Llamé a Rossy y le pedí que averiguara lo que fuera posible sobre Kay Clayton.

Llegué al aparcamiento del instituto, pagué al taxista y corrí al interior del edificio. La siguiente media hora transcurrió en la búsqueda del encargado de seguridad y en la constatación de que las medidas de seguridad de la edificación dejaban mucho que desear. Debido a la poca actividad que aquel edificio guardaba, poco a poco fueron desapareciendo las medidas de vigilancia. A tal punto que se había reducido el personal a su mínima expresión. Nadie sabía nada de la falsa Patel ni del falso Josef. Lo cierto era que en el cuarto piso no se estaban administrando consultas. Recordé de repente, con lujo de detalles y como si pudiera ver una película de mí misma, mi llegada al instituto la noche anterior. El escalofrío, la mujer y el hombre vestidos de celeste, limpiando. Luego el módulo de información vacío…

—¿De qué color es el uniforme de quienes asean este lugar? —pregunté a Fred Kennedy, el encargado de seguridad del instituto.

—La empresa los viste de *beige* y azul, como los colores de la universidad. Es una empresa contratada a medio tiempo que adecúa los uniformes a la imagen institucional de sus clientes. Terminan sus labores hacia las cinco de la tarde y luego se dirigen a varios edificios del campus, donde hay más flujo de personas —me dijo.

Lo comprendí. Todo aquello había sido como una obra de teatro, el hombre y la mujer limpiando. Y luego arriba, cuando las puertas del ascensor se abrieron, ella, la falsa Patel, fingía que se despedía de alguien llamada «Charlotte». Recordé que la escuché hablar y luego el sonido de otro ascensor, de sus puertas cerrarse. Esos sonidos me llevaron a pensar que alguien acababa de salir de allí, pero no debió ser cierto. El hombre o la mujer de abajo debieron llamar al aparato desde abajo. Era increíble como con pequeñas cosas se crea un efecto porque se asumen como ciertos hechos no comprobados.

Lo peor era que al menos había un hecho constatado. Un grupo de personas, varias, estaban en mi contra. ¿Sería la oscuridad de la que le había hablado a Anne? ¿Lo mismo que ella había descrito como una secta? ¿El asesino formaba parte de ella y por eso me había intentado culpar del asesinato de Clara Holland? ¿Era Anne también miembro de ese grupo?

7

SALÍ DEL INSTITUTO. Me detuve en medio del aparcamiento. Luego vi la puerta de la Cafetería Grundy.

«Es una idea», me dije.

Los Grundy parecían personas sensatas, dedicadas a su negocio. Tal vez tuviesen cámaras de vigilancia.

Caminé hacia allá. Toqué la manija de la puerta y empujé. El sonido de las campanitas me recibió. También un olor a guiso, pero esta vez diferente, más fresco y fuerte, un poco ácido también. De repente, una idea me detuvo. Desde que salí de la casa de Fellbaum me preguntaba una y otra vez por qué hacerse pasar por Patel, y en ese momento, me di cuenta de lo que buscaban. ¡Envenenarme! Ella, la impostora, me había dado unas pastillas y yo había olvidado tomarlas, pero Anne lo sabía. Me preguntó si Edna Patel me había recetado algo apenas me vio en ese mismo lugar. Mi compañera sabía que iban a matarme y se despidió de mí como si nada…

—Hola de nuevo. Le dije que una vez que los probara no podría vivir sin mis pasteles de carne —dijo Jocelyn Grundy y luego mostró una gran sonrisa.

Volvía a sonar una canción de los Bee Gees.

—¿Y su amiga? ¿No vendrá hoy? —pregunté.

—No. No vendrá hoy —respondí con voz inexpresiva—.

¿Tienen ustedes cámaras de vigilancia? —pregunté.

—Sí, por supuesto. Eliot puede llegar a ser obsesivo con la seguridad, paranoico, y yo digo que eso está muy bien. Uno de los dos tiene que ser sensato en cuanto a las previsiones y esas cosas. ¿Es que ha sucedido algo? —preguntó con la misma expresión de curiosidad que antes detecté en ella. Recordé que Anne se había sentido mal en ese lugar, dijo que eran unos curiosos entrometidos, o algo parecido. En ese momento me pareció exagerado, pero ahora comprendía lo que le pasaba. Ella se sentía culpable y la curiosidad infantil de Jocelyn y de Eliot la laceraba, ponía el dedo en la llaga, le recordaba que lo que me hacía no estaba bien.

—Me gustaría ver las grabaciones —le dije a Jocelyn.

Ella comprendió que lo que me llevaba allí era algo serio. Me condujo a una pequeña habitación que se ubicaba al lado izquierdo del área de atención de la cafetería, entre la sala donde yo había estado sentada con Anne y la cocina del establecimiento.

—Estos son los dominios de Eliot, pero creo que usted está urgida de algo. Siempre tenemos las cámaras operando. Incluso pueden verse cuando se está de viaje. Cuando Eliot viajó, pudo mirar que todo estuvo bien. Las instalamos el 29 de septiembre. Puede sentarse allí, frente al ordenador —me dijo.

Marcó una clave. Luego se excusó, afirmando que ella no sabía nada de esos aparatos, pero que Eliot no tardaría en llegar.

—Su mente es más de bioquímico, quiero decir, más lógica y matemática. Es mejor para esos aparatos. Yo no los entiendo mucho. Lo mío es la música y la comida —se excusó.

Le dije que yo me haría cargo.

No resultó complicado. Se trataba de un sistema de vigilancia al cual se podía acceder desde el ordenador, que registraba grabaciones que permanecían en el sistema comprimidas si no se activaba la función de borrado.

Miré varias imágenes hasta que di con lo que buscaba. Allí estaba la falsa Patel, llegando al instituto, junto con quien yo había conocido con el nombre de Josef. También vi a otras dos personas, un hombre y una mujer vestidos con uniforme celeste. Todos se bajaron de una furgoneta color negro.

—¡Los tengo! —exclamé. En la imagen pude ver el número de la matrícula.

¡Todo gracias a la práctica precavida de Eliot Grundy!

8

Llamé a Rossy de inmediato, en cuanto salí de la cafetería. Le dije que buscara al propietario del vehículo con esa matrícula. Ella, mientras lo hacía, me dijo algo inquietante:

—No te lo quise decir antes, cuando me llamaste por lo de Kay Clayton. Que, además, te digo de paso que efectivamente era una chica depresiva que se suicidó después de su paso por las empresas Dall. Se lanzó de un séptimo piso, de la azotea del edificio donde vivía. Luego te envío el reporte. Lo que quería decirte era... ¿Sabes algo de Anne? No ha venido, y eso nunca sucede. Cuando llego a este lugar, ya ella está en su oficina tomando café. Además, estoy segura de que algo le pasa. Está distraída, reflexiva. Creo que los regalos de Lilian no le están haciendo bien. La he pillado tocándose la medalla, la que lleva en el cuello, muchas veces, y eso también lo hizo cuando operaron a su hijo mayor, producto de una caída. ¿Será que los chicos están enfermos? —sugirió.

Comencé a comprender. Por eso aquella frase: «los niños son frágiles». La que vino a mi cabeza como escrita con letras de color brillante cuando sentí el roce de la piel de Anne, y también cuando escuché el llanto del pequeño que estaba en aquella cafetería del hotel cercano al aeropuerto. Por eso pensé que la frase tenía que ver con algo relacionado con ese chico, pero no era así. ¡Era con Anne con quien tenía que ver! Porque ella me rozó cuando apartó la azucarera de la mesa. ¡Ahora lo veía muy claro! Por eso su culpa, su extrañeza. ¡Sus hijos estaban en peligro! Si era así, todo lo que había hecho en mi contra fue bajo coacción. Por eso miraba a aquella mujer que empujaba el carrito con el bebé y la niña. Sentí pena por Anne.

—El coche está a nombre de Larry Jennings. Fichado, cumplió una condena por extorsión. Vive en Orchard Park, en el 917 de la calle Clara. ¿Qué quieres que haga? Por tu voz, me ha parecido que es algo urgente lo que pasa.

—Envía una unidad a la casa de Anne. Y que alguna otra esté alerta en la calle Clara. Voy para allá en este momento. ¡Diablos…, no tengo coche! Me comporto como si lo tuviera. Espera… —le dije.

Vi llegar a Eliot Grundy en ese momento. Llevaba una bolsa de víveres. Sobresalían los tallos de un puerro.

—Haz lo que te he pedido, Rossy —dije y corté.

Me acerqué corriendo a Eliot Grundy, me miró primero interesado y luego extrañado.

—¿Qué ha venido a… —comenzó a decir.

—Necesito que me preste su coche. Es un asunto importante. Me lo llevaré —le dije con resolución.

No le quedó otra cosa que consentir. Me extendió las llaves. Las agarré y subí al vehículo. Con el móvil, ubiqué la dirección de Larry Jennings y activé el GPS. Conduje a toda velocidad. No quería que le pasara nada a Anne ni a sus hijos. Me dije que tal vez me equivocaba, que los hijos de mi compañera estaban bien y que solo buscaba una justificación que explicara por qué Anne Ashton había actuado en mi contra. Pero entonces, una voz dentro de mí me dijo que tenía que confiar en mi intuición, y que si creía que Anne estaba siendo amenazada, así debía ser.

Varias imágenes comenzaron a aparecer en mi cabeza. Eran recuerdos. Me vi riendo con Sebastian, abrazando a Anne porque había corrido peligro, cuando estuvo enterrada, me vi tomando un trago con Lilian y con Rossy. Todo llegaba a mi cabeza, los recuerdos perdidos. La niebla que me había hecho casi enloquecer estaba disipándose.

9

El miedo a perder a Anne activó una sinapsis, o lo que fuera, en mis células cerebrales. Ya me lo diría la verdadera Edna Patel cuando pudiese diagnosticarme. Ahora lo importante era comprobar que los niños y Anne estaban bien.

Llegué al 917 de la calle Clara. Se trataba de un lugar algo apartado del resto de las viviendas. Era una casa gris, deteriorada. Percibí egoísmo, maldad. Un lugar desagradable. Vi que una pelota se encontraba en el medio de la calle. No sé por qué me fijé en ella.

Bajé del coche de Grundy. Quité el seguro a mi arma. La dejé en el cinto. Caminé hacia la entrada de la casa.

Encontré una rejilla anterior a la puerta de madera, como las que se ponen para evitar la entrada de los insectos. Era como una casa rural que estaba desubicada, mal colocada en la parte noreste de la ciudad. Me asomé por el cristal de la ventana, junto a la puerta. No logré ver nada.

Di la vuelta y llegué a la zona lateral de la casa. Allí estaba estacionada la furgoneta. Caminé y llegué a la parte posterior de la casa. Entonces, escuché algo. Eran voces de niños. Me acerqué a la pared para escuchar mejor. Las voces provenían de una rejilla al ras del suelo. Me incliné y me asomé. Unos ojos me miraron. En ese instante, no supe a quién pertenecían, hasta que escuché pronunciar mi nombre.

—Alexis, ¿eres tú? ¿Has venido a llevarnos a casa?

Oí un ruido. Le hice señas a la criatura para que guardara silencio. El sonido provenía de detrás de mí. Del mismo lugar que yo había tomado para llegar hasta allí. Saqué el arma y apunté.

La mujer que yo había conocido como Edna Patel se aproximaba. Cuando me vio, se detuvo en seco. Tuvo la intención de huir, pero miró el arma. Se vio derrotada.

Un hombre venía tras ella. También me vio. Lo había conocido como Josef.

—Al suelo. Los dos. Con las manos en la espalda — ordené.

Pero otras personas se acercaban, y una de ellas corría. El hombre, el falso Josef, corrió hacia la calle y escuché la voz de «alto» que otro hombre, a quien no podía ver, le dio en nombre de «la policía». La mujer se había quedado inmóvil con las manos arriba.

—Al suelo —volví a ordenarle. Me obedeció.

Escuchamos un ruido. Fue como si alguien violentara una puerta.

—¡Larry! —gritó ella.

Dos hombres uniformados se acercaron. Traían a Larry Jennings, esposado.

—¡Mamá! —dijo un niño. Luego el otro. Uno lloró. Ella también lloraba. Anne había entrado a la casa y estaba abrazando a sus hijos. No podía verlos, pero estaba segura de que eso era lo que sucedía.

10

Nos llevamos a la pareja de secuestradores a declarar en el Departamento de Homicidios. Le pedí a Anne que me dejara hacerlo a mí. Ella debía acompañar a sus hijos al hospital para evaluar que todo estuviese bien con ellos. Me dijo antes de separarnos, en las afueras de la casa de Jennings, que tenía que explicarme todo. Me abrazó y me pidió perdón. No tenía que hacerlo. Sabía que para Anne Ashton lo más importante en el mundo eran sus hijos. Sus decisiones no fueron libres. Luego me explicaría lo que había hecho, aunque yo ya lo sabía. Había orquestado la consulta con la falsa Patel. De seguro, también fue quien coló en ambientes periodísticos cosas sobre mi pasado. Me daba igual. Continuaba confiando en Anne.

La vi irse con sus chicos y me sentí satisfecha. Gracias a mí estaban con ella. Después de que hablé con Rossy, Anne llamó al Departamento y Rossy le dijo mi paradero. Anne intuyó que había descubierto algo que ella no había podido desvelar y se dirigió como alma que lleva el diablo a la calle Clara. Llegó casi al mismo tiempo que yo con refuerzos. Pero si no hubiese sido por mí, tal vez los niños aún estuviesen secuestrados y Anne viviendo el mayor de los infiernos.

Fui al Departamento de Homicidios en una de las patrullas. En la otra iba detenida la pareja.

Cuando llegué al Departamento, me esperaba la jefa Tonny. Se había enfrentado a su superior y puesto las manos en el fuego por mí. Hizo que volviera al caso. Sin duda, era una mujer resuelta y había decidido darme otra oportunidad. También se había dado cuenta de que la filtración a los medios se produjo porque una de sus mejores piezas, Anne Ashton, había actuado obligada por las circunstancias, así que no tomaría en cuenta ni a la prensa ni las recomendaciones de Anne de sacarme de la investigación. No hablaba con voz propia, sino presa del miedo de que algo les pudiera suceder a sus hijos. Además, en relación con mi pasado, solo habían publicado un artículo y en un periódico de dudosa reputación, nada que comprometiera en realidad el nombre del Cuerpo.

Así que la jefa y yo entramos al salón de interrogatorios.

El agente que custodiaba a Larry Jennings se fue del salón ante la señal de la jefa Tonny. Jennings se encontraba sentado y, al vernos, se puso en actitud expectante.

—He dicho antes que quiero un abogado —manifestó. Sus palabras estaban cargadas de miedo. Pude presentirlo. Además, su voz temblaba y sus labios también. Sobre todo el superior.

—A quien se lo dijo, ya debió haberle respondido que nos hacíamos cargo —dijo la jefa al tiempo en que se sentaba en una silla frente a él. Yo ocupé una a su lado. Nos separaba una mesa que ocupaba la parte central de la sala.

—Pues hasta que no llegue el abogado, no hablaré —sentenció.

—¿Por qué ha secuestrado a esos niños? —pregunté.

—Me pagaron mucho dinero, pero no hemos hecho nada

más. Sé que usted investiga los asesinatos del Velador. Eso nada tiene que ver con Mona y conmigo.

—¿Quién le pagó? ¿El mismo que ha contratado a su abogado? —pregunté.

—No lo creo, detective. Al señor Jennings lo defenderá un abogado de oficio. Al parecer, su socio misterioso lo ha dejado solo —dijo la jefa Tonny y luego miró a Jennings con sarcasmo. Era una mujer dura.

—Así que lo han dejado solo en esto. Entonces, bien haría en darnos algo que culpara un poco a quien le pagó ese dinero. ¿O quiere que solo Mona y usted corran con todas las consecuencias? Si nos da algo, le daremos algo —manifesté.

El hombre me miró como si acabara de ofrecerle una tabla de salvación. Quería creerme. Comenzó a mover ambas piernas con un movimiento repetitivo, nervioso. Pensé que tal vez fuera consumidor de drogas. Aunque no tenía señales en los brazos ni los ojos enrojecidos.

—No… no lo sé. No lo he visto nunca. Nos contrató por internet. Mona vio su primer mensaje. No creímos que hablara en serio, así que no le prestamos atención, pero entonces nos llegó a casa un sobre con mucho dinero. Quince de los grandes. Solo para que lo tomáramos en serio.

—Hace muy bien en hablarnos. Mire que alguien que paga esa cantidad para ser tomado en cuenta podría pagarle un buen abogado, y no estaría ahora esperando que el peor de la lista de los de oficio apareciera —le dije. No quería que me viera impaciente ni muy deseosa de oírle, pero tampoco quería que se arrepintiera de contarnos lo que sabía, lo que había hecho.

Continuaba moviendo las piernas. Lo sabía por el movimiento que esto generaba en su cuerpo. Era como si no pudiese quedarse quieto, como si eso lo asustara más.

—¿Qué les pidió que hicieran después de los quince mil dólares? —preguntó la jefa Tonny.

—Esa persona está obsesionada.

—¿Obsesionada con qué? —le pregunté, aunque me temía la respuesta.

—Obsesionada con usted. Debíamos acordar con su compañera algunas cosas, pero para hacerlo debíamos esperar. Al principio, no nos pareció nada grave. Era solo seguirla, tomarle fotos, pillarla haciendo algo extraño.

—¿Esa era la indicación? ¿Pillarme haciendo algo extraño? —repetí.

—Creo que esa persona tampoco sabía muy bien lo que buscaba. Pero luego escribió más claro. Debíamos buscar a una pareja de niños en casa de Anne Ashton y mantenerlos con nosotros. Una vez hecho eso, tendríamos que esperar instrucciones.

—¿Quiénes son la mujer y el hombre que se bajaron de la furgoneta en el Instituto Universitario Neurológico? —interrumpí.

—No los habíamos visto jamás. Los buscamos cerca de la universidad, en la parada de bus más cercana. Allí nos aguardaban. Ellos solo debían fingir que limpiaban el lugar y estar atentos a que nadie subiera a la cuarta planta. Eso nos dijeron.

—¿En qué momento le comenzó a parecer grave mantener secuestrados a unos menores de edad que debían estar aterrados? —preguntó la jefa Tonny. Volvió a lanzarle una mirada lapidaria.

—Oigan… sé que eso estuvo mal, pero quien orquestaba todo era su amiga, no nosotros. Solo éramos unas piezas en el tablero.

«Unas piezas en el tablero», me repetí internamente.

—Su amiguita llamó a Mona y le dijo que debíamos ir al instituto, y que ella debía hacerse pasar por una doctora y entregarle algo como si fuera parte del tratamiento. Debíamos hacerlo esa misma tarde. Una caja de pastillas nos las entregó la mujer que buscamos en la parada. Creo que ella tampoco sabía lo que eran. Ni yo lo sé. Parece que no eran nada malo porque usted está aquí… —dijo.

—Además del rapto y del asunto del instituto, ¿hicieron algo más? —preguntó la jefa Tonny.

—Nada más —respondió Jennings.

Estuvimos un tiempo más con él. Repetía la misma versión. Cuando llegó su abogado, salimos de la sala y fuimos a hablar con Mona Baxter, su cómplice. No obtuvimos nada más de ella. Confirmó lo que contó Jennings a pesar de que en dos oportunidades le dijimos versiones falsas como si él nos las hubiese dicho, buscando que picara el anzuelo y nos diera otra versión de las cosas. No fue así. Ambos resultaron ser criminales de poca monta. Parecía cierto lo que decían. Pero también habíamos sacado una cosa en claro: quien había sostenido más relación con los que estaban detrás de todo el complot en mi contra fue Anne. Eso preocupaba a la jefa Tonny. Se lo noté en la cara. La carrera de Anne podría estar acabada. Yo, por mi parte, ya la había perdonado.

LA JEFA TONNY y yo nos hallábamos en el pasillo que conectaba las dos salas de interrogatorios y algunas otras oficinas de la planta baja del Departamento de Homicidios de Wichita. Acabábamos de salir de hablar con Mona Baxter.

—Esto no pinta bien para tu compañera, Alexis —me confesó—. Es grave lo que ha hecho. Sin embargo, hay situaciones atenuantes. Tengo que ver cómo desenredo este asunto. Por otra parte, es una excelente agente.

Asentí.

—Tendremos que ver qué contiene el medicamento que Mona Baxter te entregó. Si era algo mortal, pues eso se suma a las causas de este par, también de Anne…

Comprendía todo lo que la jefa Tonny decía. Sé que tal vez hubiese muerto de haber recordado tomar aquello. Me sentí salvada por mi mala memoria. Lo bueno era que, con toda la presión que había experimentado, sentía que mi memoria estaba volviendo, aunque fuera por capas. Era como si recordara ese lugar, mi trabajo allí. Ya no me parecía ajeno. Había venido a mi cabeza momentos con Anne, con Rossy y

Lilian. Lo que no era capaz de recordar eran cosas más íntimas; ni al hombre que Anne dice que amé en Topeka, ni a ningún tipo de relación cercana. Ni tampoco mi pasado de niña, ni en Topeka. «Pero algo es algo», me dije.

—En cuanto a lo tuyo, no fue tan grave como pensábamos. Al final, lo que publicó la prensa fue poca cosa. En eso debió haber influido él —comentó.

—¿Sebastian Hausmann? —pregunté. Lo hice porque McCabe me afirmó que había sido Sebastian quien hizo malabares para que mi abogada, Rose Eastman, lograse dar con las filmaciones que me exculparon. Decían que era un hombre de recursos, y su familia, de dinero. Pudo, de alguna manera, contener las intenciones de los periodistas de ir contra el Departamento.

—No. Esta vez creo que tu bienhechor ha sido otro. El agente del FBI McCabe fue quien contuvo el asunto —me dijo.

No podía creerlo. Cuando estuvo en casa, me pareció que daba las cosas por hechas, que ya mi desprestigio era historia. Era un tipo extraño Gael McCabe, pensé.

La jefa Tonny debió ver mi sorpresa.

—Los hombres y las mujeres del FBI siempre son una caja de sorpresas, uno nunca sabe lo que piensan. Creo que eso se los enseñan en Quantico —completó.

En ese momento, alguien pasaba por el pasillo en dirección hacia nosotras. Lo miré un segundo. Era un técnico forense. Llevaba en sus manos una *tablet* de las que ellos solían llevar para hacer registros. Era un chico joven, cerca de sus treinta con bigotes de morsa, rojizo, y el pelo cortado casi al ras.

Lilian también apareció, venía bajando las escaleras. Cuando reconocimos su voz, la jefa Tonny y yo volteamos a verla. Caminamos unos pasos en dirección a ella. Nos juntamos al pie de la escalera. Se escuchan voces de algunos policías y testigos que se hallaban en las salas cercanas.

—Hola, Alexis. Todavía no me lo puedo creer lo que te ha pasado. Pero siempre he dicho que eres una chica con suerte. Gracias a Dios no has tomado lo que esta banda de criminales te han dado. Rossy me lo ha dicho. Si te hubiese pasado algo, me habría sentido muy culpable. Después de todo, yo quería que mi amiga Edna Patel te diagnosticara. Insistí en ello…

—No podías saberlo, Lilian —le dije.

Ella sonrió un poco, agradecida.

El chico forense pasó por mi lado y, sin quererlo, se tropezó conmigo justo antes de comenzar a subir la escalera. Vi algo en mi cabeza. Tomaba una fotografía del coche de Eliot Grundy, del que usé para llegar a la casa donde estaban los hijos de Anne, secuestrados. Me dije que era natural que lo hiciera si debía registrar el perímetro de esa escena. Pero luego lo vi tomando un teléfono de una cabina y hablando con alguien. Estaba nervioso al hacerlo. Su frente sudaba. Decía que «le habían dejado muy cerca de la ventana y que eso no saldría a la luz».

—Alexis…, ¿me oyes? —me dijo la voz de Lilian.

—Perdona, ¿qué decías? —alcancé a preguntarle sin quitar la mirada del técnico que subía la escalera.

—Que la próxima vez que vayas a ver a Edna Patel iré contigo, y así nos aseguramos de que no suceda nada más.

—Anne me ha dicho que un técnico forense ha vomitado en la escena de Garrow. ¿Fue ese que acaba de pasar a nuestro lado? —pregunté sin saber muy bien por qué. Recordé ese dato y quise confirmar que se trataba de este hombre, como si eso fuera importante.

—Darcy Davson. Sí. Justo fue él. Es nuevo en el Cuerpo. Un poco influenciable, pero su trabajo técnico es muy bueno…

En ese momento, el móvil de la jefa sonó. Miró la pantalla y tomó la llamada. Habló pocas palabras y luego cortó. Me miró preocupada.

—Han encontrado un nuevo cadáver, una nueva víctima del Velador. Esta vez, la prensa nos ha dado un golpe certero. Acaban de comprobar su identidad y ya ellos la han publicado. Ni siquiera nos dejan hacer bien nuestro trabajo, no les importan los familiares ni nadie más.

—Iré a la escena. Me comunicaré con Anne, a ver si puede acompañarme o si… —comencé a decir, pero la jefa Tonny me interrumpió.

—Hay un problema. La noticia incluye el hecho de que tú conocías a la víctima.

13

—¿Quién es la víctima? —pregunté. Ni siquiera estaba segura de poder definir si la conocía o no. Mi memoria no estaba del todo recuperada.

—Tú fuiste la última persona que condujo su coche —aseveró.

—¿Eliot Grundy? —pregunté extrañada.

—No. Su esposa, Jocelyn Grundy.

Pensé en ella. En su sonrisa y su amabilidad. Disfrutaba de la vida. Recordé cuando me permitió pasar al cuarto donde tenía el ordenador y mirar las grabaciones que su marido había insistido en registrar por el bien del negocio. Pensé en él, parecían quererse. Estaría desecho. No podía creer que Jocelyn Grundy fuera un monstruo como Bennet, una fisgona como Garrow, o alguien cruel con sus empleados como Marina Dall.

—Descubrí la identidad de Jennings gracias a las grabaciones que Jocelyn Grundy y su marido Eliot Grundy tenían en su cafetería, la que comparte el aparcamiento con el Instituto Universitario Neurológico en donde me encontré con Mona Baxter. Anne y yo fuimos a esa cafetería ayer y yo hoy volví a ese lugar intentando hallar pistas. Al hablar con Rossy y pedirle el nombre del propietario de una furgoneta negra con la matrícula RM J3HRX9, Rossy me dio el nombre de Jennings y su dirección. Me encontraba en el aparcamiento frente a la cafetería de Jocelyn, su marido iba llegando y le pedí el coche. Luego, con todo, me olvidé de él. Aún debe estar estacionado frente a la casa de Jennings.

—¿Cómo pudieron saber tan rápido que Alexis condujo el coche de los Grundy? —preguntó Lilian un tanto impactada. Pero ya yo sabía la respuesta.

—Darcy Davson. Tenemos un soplón en el Departamento, y es él —dije convencida.

Comencé a subir las escaleras y la jefa Tonny y Lilian me siguieron.

Encontré a Davson junto a una máquina de café en el segundo piso. Acababa de guardar su teléfono móvil en un bolsillo de su pantalón. En la otra mano tenía un vaso humeante. Parecía satisfecho.

—Hemos comprobado que has llamado al profesor Paul Burtin, de la Universidad de Wichita, y le has brindado información sobre un detalle de la escena del crimen en el piso de Garrow. Lo hiciste desde la cabina a pocos metros de aquí. También que acabas de darle a la prensa información sobre el uso que le di al coche de los Grundy.

El vaso se resbaló de la mano de Davson y cayó al suelo. Me miró con los ojos desorbitados.

—No he querido hacer daño. He tenido problemas personales y necesitaba dinero… Pero jamás pensé que Burtin iba a inventar una historia como esa, que el asesino le escribiría una carta. Eso lo supe después de haberle entregado mi información —se excusó.

—¿Admite haber vendido información sensible a la prensa? —preguntó la jefa Tonny en voz muy alta.

Él asintió. Sus ojos estaban llenos de lágrimas.

—¡Qué desperdicio! —comentó Lilian entre dolida y defraudada. Su voz también mostraba notas de indignación. Después de todo, Davson era su subordinado.

—Darcy Davson, desde este momento está fuera del Departamento y tendrá que correr con las consecuencias de lo que ha hecho —dijo la jefa Tonny sin atisbo de clemencia.

14

—¿Cómo has sabido lo de Davson? —me preguntó Lilian.

—Tuve un presentimiento. Cualquiera puede sentirse mal ante las sangrientas escenas que tenemos que conocer, pero en este caso, me quedé con ese dato metido en la cabeza y creo que significó para mí que quizás el chico no estuviera hecho para este trabajo. Ergo, tal vez buscaba otras fuentes de financiamiento más lucrativas para intentar sacar algo bueno de un trabajo que no es lo suyo —le respondí. Me pareció que divagaba un poco.

—Ya —dijo Lilian. Pensé que ella debía saber más de mí, de mi habilidad. Creo que su respuesta fue en extremo comedida, como si pensara que debía guardarse algo para luego, para cuando estuviese bien de mi memoria.

Me hallaba a bordo del coche de Lilian Peterson. Decidí ir con ella. Nos dirigíamos a la escena del crimen de Jocelyn Grundy. Había sido hallada en el cuarto piso del Instituto Universitario Neurológico. Ese mismo lugar solitario que había servido de escenario para que creyera que mi vida iba a cambiar para siempre. Todavía tenía muchas cosas que aclarar con Anne, pero ahora debía concentrarme en el caso, en el asesinato de Jocelyn Grundy.

Al cabo de unos quince minutos, llegamos al lugar. En el *parking* estaba Eliot Grundy. No le permitían entrar al instituto. Más atrás habían desplegado policías para la contención de los medios de comunicación, de curiosos y de estudiantes que se acercaban a ver la escena. Eran las ocho de la noche y el cielo se había tornado gris. Sentí tristeza, impotencia. Volví a recordar en vida a Jocelyn Grundy. De seguro me había pasado antes en algún caso, pero no recordaba haber conocido a alguien en el marco de una investigación y que ese mismo día, apenas horas más tarde, fuese víctima del asesino.

Nos bajamos del coche.

—¡Agente Carter! ¡Tiene que ayudarme! —me gritó Eliot y comenzó a caminar hacia nosotras. Inspiré. No iba a ser fácil hablar con él.

—¿El esposo? —preguntó Lilian, apenada, y en voz baja.

Asentí.

Movió la cabeza hacia abajo. Y luego me dijo que se adelantaría a la escena.

Eliot Grundy me abordó.

—¡No me dejan ver a Jocelyn! La ha encontrado Ted Kennedy, el hombre de seguridad de ese lugar. Dicen que la ha matado ese monstruo, el Velador… ¡A mi Jocelyn!…, pero esto tiene que ser un error. Nadie querría matar a Jocelyn por nada. Ella nunca hizo daño, ni siquiera a un animal. No le gustaba matar ni a las moscas que entraban en casa en verano cuando cocinaba…

—Lo sé, Eliot. Pero no puede pasar a la escena. Tiene que dejarnos hacer el trabajo. Hablaré con usted en cuanto pueda. Por favor, váyase a la cafetería y espéreme allí. No hable con nadie de la prensa. Querrán abordarlo. Ponga el anuncio de «Cerrado», prepare una taza de café y tómela. Si tiene algún familiar o amigo, una persona cercana que pueda acompañarlo en estas horas, llámelo, y comuníquele a aquel guardia —dije señalándole a un uniformado— su nombre y señas para que le dejen ingresar. Haga lo que le digo, por favor —le pedí.

Eliot Grundy me miró con una mirada muy triste. Su rostro adquirió de repente una expresión infantil, estaba como perdido. Asintió y se dirigió a la cafetería. Me quedé mirándole hasta que entró en ella. Imaginé el sonido de las campanitas al mover la puerta. Lo recordé llevando las bolsas con los víveres horas antes cuando su vida no había dado aún este giro tan inesperado y trágico, cuando le pedí su coche.

¿Por qué el asesino había matado a Jocelyn Grundy? ¿Por qué allí en el instituto?

Recordé que Eliot Grundy me había dicho que Fellbaum había ido varias veces hasta allí. El propio Fellbaum me lo había dicho aquella mañana, que solía ir allí a reunirse con Patel. También recordé que debía confirmar su coartada. Con todo lo que había sucedido, no lo hice. Llamé a Rossy y le pedí que lo hiciera. Que ella misma citara con urgencia a Edna Patel y le tomara declaración. Me hacía falta Anne, ahora me sentía sola en el caso, pero no podía presionarla. No había sido fácil todo lo que vivió.

Con esas ideas en la cabeza, entré en el instituto, tomé el ascensor y llegué al cuarto piso. Allí estaban varios forenses trabajando. Uno de ellos me ofreció unos guantes y los protectores para los zapatos. Me miró como si me conociera. De seguro, era así. Le agradecí, me puse los protectores y luego los guantes. Avancé a donde estaba el cadáver. Se hallaba cerca de la escalera de emergencia. Llevaba la misma ropa con la que yo la había visto en vida, una blusa amarilla con franjas blancas y unos *jeans* azul claro. Su mano izquierda estaba amputada y su brazo también. Los dejó cerca del resto de su cuerpo. La mano hacia arriba, como pidiendo algo. Parecía más pequeña de lo que en realidad era, tal vez por el efecto visual al verla separada del antebrazo, que también estaba cercenado. No había duda de que se trataba del mismo asesino.

¿Por qué diablos mataría a alguien como Jocelyn Grundy?

15

Y AHORA SABÍAMOS MENOS de él. La carta de Burtin no era real. La propia jefa Tonny se encargaría de interrogar a Paul Burtin. Cuando tuve la visión del forense en la cabina, supe que hablaba con él. Le decía la forma cómo habían dejado el cuerpo de Garrow, y él, de ese dato, construyó una carta, que como bien dijo Anne, no decía nada, era un concierto de ideas sin profundidad. Algo que sería capaz de escribir Paul Burtin para acaparar la atención. Ya desde que leí el artículo sobre la entrevista que brindó luego de la muerte de Marina Dall, con todo ese discurso sobre la muerte, las joyas funerarias y los griegos, y el velo, me pareció un hombre que buscaba mostrar lo que sabía sin reparar en el mecanismo para lograrlo.

Ahora sabíamos menos del asesino porque lo único que teníamos de él era lo que me había escrito a mí. Era la conexión conmigo. Fue él quien quiso culparme, quien me golpeó en la escena del crimen de Clara Holland.

Me acerqué al cuerpo de Jocelyn. Ya Lilian estaba trabajando en él. Le quitaba un velo blanquecino que el asesino había dejado en su cabeza.

—El cuello roto. Como los demás. Todo igual. Las vértebras cervicales desechas. También el hueso hioides y su clavícula. Las lesiones produjeron la fractura cervical y luego la
muerte —se aventuró—. Lo confirmaré en la autopsia —
completó.

Después me dio detalles de los análisis hechos en el cuello
de las víctimas para precisar los movimientos que había realizado el asesino para producir las lesiones con el martillo
quirúrgico.

—La conocí. Jocelyn Grundy era una mujer amable —
afirmé.

—Debió de morir hace dos horas a lo más. Hace una o
dos horas —afirmó Lilian.

Quería tocarla. Lo deseaba con muchas ganas. Pero el
lugar estaba lleno de gente. No podía poner más leña en el
fuego del desprestigio del Departamento. Era bastante con lo
de Anne, con lo del forense Davson, con la noticia que había
salido en mi contra.

No la toqué, pero me acerqué lo suficiente para darme
cuenta de que Jocelyn estaba maquillada. Ni el día anterior ni
en la mañana lo había estado. Era de las mujeres que parecía
sentirse cómoda con la cara limpia, natural. Volví a ver el
lunar que tenía cerca de los labios.

—¿Qué sucede? —me preguntó Lilian.

Me separé del cadáver y me mantuve de pie junto a ella.

—Está maquillada. Antes no lo estaba. Creo que no solía
hacerlo. Y si esta fue una decisión inusual, tal vez fuera por
algo especial.

—¿Crees que lo conocía? ¿A quien la asesinó? —me
preguntó.

—Creo que es posible. Este lugar pudo haber sido el escenario escogido para que nadie los viera. Tal vez tenía una
aventura —sugerí.

—Morir será una gran aventura —dijo Lilian con voz grave.

Le miré unos segundos.

—Una frase atribuida a Aristóteles —explicó.

«Otra vez los griegos», me dije.

—¿Sabes que Marina Dall diseñó el escenario de una publicidad de joyas funerarias? —le comenté. Se me ocurrió que Lilian podía tener una buena lectura de ese hecho. Después de todo, según Anne, yo mantenía que la clave de los asesinatos estaba en la primera víctima.

—Sí. Conozco la publicidad. Estaba llena de errores históricos, pero eso no es de preocupar. En realidad, muchas de las cosas que damos por obras de arte los tienen. ¿No has visto las representaciones bíblicas de los pintores de la Edad Moderna? Las personas aparecen vestidas como si vivieran en el siglo XVII, con atuendos puede que tal vez un poco más simples, pero nunca como en realidad debieron vestir antes de nuestra era. La imaginación solo puede llegar a un punto si no hay conocimiento o no te acompañan las ganas de ser realista.

—Tal vez deba ver esa pieza publicitaria —le dije a Lilian —. ¿Qué significaría para ti el velo que quien los asesina deja sobre el rostro de las víctimas? —pregunté.

—No lo sé. Que no se corrompan una vez muertos —me respondió.

Bennet era un sujeto corrompido, y Garrow podría decirse que también. Marina mostraba crueldad y, según Fellbaum, todos la mostraríamos si pudiésemos envejecer sin morir. Si ya eran seres corrompidos, tal vez lo que quería quien los asesinó era alterar sus cuerpos para purificarlos, por eso rompía sus cuellos con tanta furia y luego ponía el velo para que una vez puros no pudieran volver a contaminarse. Era entonces un «purificador» de seres odiosos.

—Debemos preguntar a Eliot Grundy si en el cuerpo de

Jocelyn falta alguna prenda. El asesino suele llevarse un *souvenir* —afirmé y a la vez me preguntaba cómo haríamos eso. Ese hombre estaba desecho. Lo mejor sería preguntarle por las prendas que solía llevar y luego mostrarle el inventario de objetos que su esposa llevaba encima al morir.

Eso me dije.

—¿Sabes si Edna Patel forma parte de un grupo religioso helenista? —pregunté.

—Creo que sí. Estuvo hablando con mi marido al respecto una tarde en casa, en su cumpleaños.

Me dije que si era cierto que Edna Patel comprobaba la coartada de Fellbaum, o tendría que sacarlo a él de sospechas o incluirla a ella, si no había nadie más que pudiera comprobar la coartada de ambos. Por ese camino que iba terminaría sospechando de todo el mundo. Lo que necesitaba era pruebas, no sospechas.

—¿La conoces desde hace mucho? A Edna Patel —le pregunté.

—Desde la escuela. Mis padres conocían a los suyos —me respondió.

Miré alrededor. No contaba con que consiguiéramos alguna pista. Veía a los técnicos trabajando. En ese momento, justo cuando me daba la vuelta para tomar rumbo a hablar con Eliot Grundy, sucedió algo inesperado.

PARTE VI

1

Hora y media antes de que descubrieran el cadáver, la persona se encontraba con Jocelyn Grundy.

—¿Por qué me has citado aquí? —preguntaba ella.

—¿Por qué no? Después de todo, aquí empezó todo.

—Sí. Es cierto. ¿Ahora qué haremos?

—Dejar que el universo conspire a favor de nosotros.

—Dices cosas interesantes —afirmó ella, mirando a la persona con un brillo de ilusión.

Se encontraban junto al ascensor del cuarto piso del Instituto Universitario Neurológico.

—Siempre las has dicho. Nunca había conocido a alguien así como tú. Tampoco pensé que podrías interesarte en mi forma de ver las cosas, tan sencilla.

—La grandeza es un concepto de la Edad Moderna, que ya debería de desaparecer. Esa necesidad de poner al hombre en el centro de todo no lleva a ninguna parte. Es el universo lo central, y todos los dioses que habitan en él. En nuestro planeta, el centro es Zeus y todos debemos ser sencillos ante él.

—Lo sé. Me falta mucho por aprender —dijo ella.

—Vas a aprender de la mejor forma posible. Convirtiéndote en agua y sal, como el mar.

—¿Qué quieres decir?

—Hoy renacerás a algo diferente. He tenido que tomar esa decisión un poco apresurada por culpa de esas investigadoras. De Anne Ashton y Alexis Carter. No me gusta cómo me miran.

—Yo creo que ella, Alexis, está pasándola mal. Parece enferma.

La persona recordó a Alexis. Pensaba en la vez que la vio, cuando acababa de matar a Clara Holland y ella llegó de improviso. Tuvo el tiempo suficiente de golpearla antes de que viera su cara. Después le inyectó el ácido del olvido. Así lo llamaba porque eso era. Y luego la providencia —que no le abandonaba— hizo que no le resultara reconocible la segunda vez que la vio después de eso. Había temido al volver a verla, pero luego se avergonzó. Ha debido tener fe en su misión y en que nada se interpondría, porque eso querían los dioses, que continuara siendo «el Velador», el cuidador de los monstruos que causaban esas micromuertes que ni los héroes ni los antihéroes podrían eliminar.

—Tal vez lo esté. Pero si lo está, se lo merece. Recuerda que tenemos en esta vida lo que merecemos. Ni más ni menos.

—Sí. Me gusta pensar así. Y también que, gracias a mi curiosidad, he logrado conocerte —dijo Jocelyn regalando una gran sonrisa. Sus labios mostraban un tono naranja muy vivo, y este contrastaba con su color de piel y con el lunar que tenía cerca de los labios.

—Es bueno que pienses así. Alimenta tu alma de ambrosías y te purifica para el momento que vivirás. Te enfrentarás a una gran aventura, como decía uno de los maestros —dijo la persona al mismo tiempo en que se acercaba más a Jocelyn.

Ella pensó que la besaría, como hacía poco tiempo, como la primera vez. Pero la persona tomó el cuello de Jocelyn con sus dos manos y apretó con fuerza y determinación. Además, había algo en sus ojos, una chispa de maldad, de control. Esta persona se sentía la dueña del mundo cada vez que apagaba la vida de alguien entre sus manos. Ahora Jocelyn miraba como si no pudiera creer lo que pasaba, como si fuera una pesadilla. En pocos instantes, perdió la consciencia.

La persona había ocultado un maletín en un área cercana, en un cuarto que funcionaba como un depósito de materiales. Conocía aquel lugar muy bien. Muchas veces había ido allí a pensar, y luego había salido de allí como si fuera alguien normal. Los había logrado engañar a todos. También a Jocelyn. Él no era alguien normal, era a quien llamaban el Velador.

Realizó su rito como hizo con Dall, con Garrow, con Bennet y con Holland. El martillo quirúrgico, el ansia de romper las vértebras, el recuerdo de su madre con la mano abierta hacia arriba siempre pidiendo atención, como un gato raquítico y escandaloso. Como aquel gato que aplastó, dejando caer de la altura de sus hombros, a los doce años, la piedra. Dio muchos golpes en el cuello de Jocelyn, que era igual al de Clara, al de esa estúpida que había intentado suicidarse desaviniendo los planes vitales que los dioses tenían para ella. Cada vez que cortaba las muñecas de sus víctimas, recordaba su misión y el intento de suicidio de Clara Holland.

Cuando terminó con Jocelyn Grundy, salió del edificio por una puerta trasera. Una puerta que conducía al campus. El sendero se abría a la derecha. Un poco más a la derecha de él habían plantado un pino pequeño. La persona tocó sus ramas con la palma de la mano extendida.

Sonrió con satisfacción.

Volvía a ponerse su disfraz.

2

Apareció Anne.

Se acercó con pasos rápidos.

Cuando estuvo muy cerca, me dijo:

—Espero que puedas perdonarme. Pero si no lo haces, quiero que sepas que siempre estaré agradecida. Mis chicos están bien gracias a ti —me dijo.

—No te preocupes, Anne. Lo importante es que todos estamos bien —alcancé a decirle.

—He pedido a la jefa Tonny que me permita cerrar este caso contigo. Luego veremos qué pasará.

Lilian se separó de nosotras. Estaba atendiendo una demanda de alguno de los forenses.

—Quiero que sepas que las indicaciones que me brindaban eran por vía telefónica y nunca vi a nadie. Era una voz de hombre. No de uno joven. No es alguien con quien haya hablado jamás. El número no era rastreable. Una vez que secuestraron a los chicos comenzaron a obligarme a vigilarte. Desde que fui a buscarte a Lusk, estoy bajo sus órdenes. Me dijeron que buscara algo en tu habitación, un péndulo. No lo encontré. Creo que, de todas formas, no se fiaban de mí y nos seguían. He estado cada minuto pendiente de un hilo. Luego me dijeron que debía buscar la manera de hacerte tomar un medicamento, y que con eso, y haciendo que estuvieras fuera del caso, dejarían libre a los chicos. Si acudía a alguien, los matarían. Pensé en hacerlo, en acudir a Gael McCabe del FBI, o a Hans Freeman, el mejor agente del FBI que conozco, pero no lo hice. Pensé que me volvería loca.

Hizo una pausa.

—Luego se me ocurrió que una forma de entregarte esas pastillas era fingir que te veía una doctora. Ya sabía que estaba implicada una mujer. Que una mujer cuidaba a mis chicos. Cada vez que me preguntabas por la oscuridad estaba más que convencida de que eran ellos quienes estaban tras de ti, esa secta o grupo, o lo que sea, que tú conoces y que, aunque no recuerdes, sabes que van por ti. ¡Eran ellos quienes tenían a mis hijos! Me imaginé una y otra vez las cosas más espantosas. Entonces, a quien me daba órdenes le propuse el plan de la sustitución de Edna Patel. Recordé que este lugar era solitario, habíamos estado en ese aparcamiento antes, cuando vinimos a hablar con Gía Wood la primera vez. La universidad estaba llena de gente por un festival anual y estacionamos el coche aquí. Noté la soledad, la falta de vigilancia. Cuando estoy bajo presión, pienso muy veloz. El hombre con el que hablaba aprobó el plan. Yo te traería y alguien de su organización, la mujer que tenía a mis niños, se haría pasar por Edna Patel. Yo siempre podría decir que quien me había llamado se hizo pasar por Lilian. Era más creíble que fuera una doctora quien te diera el medicamento y no yo, por supuesto. Lo que sí puedo decirte, Alexis, es que cuentan con recursos. Son una célula organizada de algo que no comprendo. El deseo de hacerte mal también es algo extraño. Podrían ser más radicales, intentar dispararte, atropellarte. Lo que hacen las mafias. Esta gente es diferente.

—Lo sé —le respondí—. Pero ya está bien, Anne. No te tortures más. Todo lo que me has dicho más o menos lo he intuido. Sé que has pensado en la vida de tus hijos, y que ellos son lo más importante para ti.

Anne movió la cabeza hacia abajo. Hizo un esfuerzo por no llorar. Lo vi en la comisura temblorosa de sus labios. Luego inspiró profundo y me brindó una breve sonrisa de agradecimiento.

—¿Quién querría asesinar a una mujer como Jocelyn Grundy? —dijo ahora mirando el cadáver—. Ella se ha maquillado. Se ve diferente. Se había puesto sombra de ojos, delineador y pintura de labios. ¿Por qué haría algo así para venir a este lugar? —dijo Anne, cuya capacidad analítica parecía estar renovada.

—Eso mismo he pensado. Hablemos con Eliot Grundy —le propuse.

En pocos minutos, estuvimos cruzando la puerta de la cafetería.

Ese lugar no era el mismo sin Jocelyn. Eliot estaba sentado en torno a una de las mesas circulares. Cabizbajo, inmóvil. Ni siquiera volteó al escuchar nuestra entrada.

Anne me miró y yo a ella.

—Estos son los momentos que odio —confesó.

—Yo también —le dije.

—Eliot, tenemos que hablarle —dijo Anne en voz alta.

Él levantó la mano en señal de que nos acercáramos. Era como si no deseara voltearse ni moverse mucho más. Como si quisiera quedarse inmóvil, como Jocelyn.

Llegamos hasta él y nos pidió que nos sentáramos. En la mesa había un plato con un trozo de pastel. No lo estaba comiendo. Solo lo estaba mirando.

—Estaba probando hacerlos de carne de almejas, conejo y caracoles. Esta fue su primera prueba. No quiero que desaparezca. Nunca lo comeré. Lo guardaré de alguna forma… —dijo él.

—Eliot, ¿tiene alguna idea de la razón por la cual su esposa estaba en el cuarto piso del edificio de junto?

—No. No me lo puedo explicar. Yo solía irme a casa más temprano que ella. Cuando dejábamos la cafetería limpia y arreglada, me iba y luego ella se quedaba aquí preparando la masa del pastel del otro día. Hoy me fui a casa andando, el coche lo tenía…

—Lo sé. Ahora está en la comisaría. Iba a traérselo uno de los agentes, pero hoy ha sucedido una cosa tras otra, y cuando supimos que la víctima era su esposa, y del registro del vehículo a su nombre, debimos dejarlo allá para averiguaciones de rutina. Hoy mismo debemos traerlo con usted —expliqué.

—Cuando vaya a reconocer el cuerpo de mi esposa, lo conduciré yo mismo. De todas formas, vivimos a diez minutos andando… vivíamos… Ya no sé lo que digo —reconoció.

—¿Había notado algo extraño en el comportamiento de Jocelyn los últimos días? —preguntó Anne.

—No. Nada fuera de lo normal. Estaba de buen humor, como siempre. Su risa era tan contagiosa… Creo que eso fue lo que me enamoró. Hace meses, pero el tiempo algunas veces no importa… ¡Es todo tan irreal!

Sabía a lo que se refería. Eliot ahora viviría una etapa en la que no creería que realmente el asesino había matado a su esposa.

—¿Qué hizo su esposa cuando yo salí de aquí? —le pregunté. Él continuaba mirando el pastel.

—Cocinó. Luego atendió una llamada de una mujer. Una profesora de la universidad. Quería que Jocelyn le entregara una cotización. Jocelyn tenía la idea de que esa podía ser una forma de ampliar el negocio. Ofrecer *catering* a las dependencias universitarias. Creo que quedó en verse con ella, pero no estoy seguro. Hoy no le presté mucha atención a Jocelyn, y no voy a poder reprochármelo lo suficiente. Estuvo todo el día aquí hasta que yo me fui, a las seis. Me fui a casa. Alimenté al gato y luego me puse a preparar la cena. Siempre lo hago. Jocelyn se pasa la vida cocinando y no es justo que llegue a casa a hacer lo mismo... —confesó, confuso. Pensé en ese momento que le costaría mucho adaptarse al uso de los verbos en pasado.

—¿Cómo se llamaba esa profesora? —preguntó Anne.

—No lo sé. Lo siento. Lamento no poder ayudarles más. ¿Creen que eso es importante para saber quién mató a Jocelyn? —preguntó de repente.

—Cualquier detalle puede ser importante —confirmó Anne.

—Cuando dice que atendió una llamada, ¿se refiere a aquí, en la cafetería? —pregunté.

—Sí —me respondió.

—¿Quién tomó el teléfono? —preguntó Anne.

—Yo lo hice —afirmó con cierta esperanza en su rostro.

—¿Reconocería la voz? —pregunté.

—Sí. Lo haría. Creo que sí —dijo.

3

Anne y yo salimos de la cafetería. Eliot Grundy iría luego con un oficial a hacer el reconocimiento del cadáver de su esposa, aunque ya Kennedy, el encargado de la seguridad del instituto, la había reconocido. Él algunas veces tomaba café en la Cafetería Grundy y apreciaba a Jocelyn. Cuando salimos, lo vi. Se notaba afectado.

—¿Qué piensas? —me preguntó Anne.

—Vayamos a visitar a Gía Wood.

—De acuerdo. Rossy me ha llamado cuando llegaba al instituto. Me ha dicho que intentó comunicarse contigo y no lo logró. Ha confirmado que la verdadera Edna Patel estaba con Marc Fellbaum y unas cuantas personas más a la hora en la que asesinaron a Charlie Bennet. Ese estúpido nos hizo perder tiempo en lugar de decirnos eso antes —se quejó Anne.

Subimos a su coche.

—La gente miente por muchas razones y solo algunas tienen relación con los asesinatos —alcancé a decirle.

—Eso es cierto. Así que sacamos a Fellbaum de la lista de

sospechosos. Y también habrá que sacar a Paul Burtin. La mismísima jefa Tonny se ha encargado de él. Lo acusaran por obstrucción y por brindar falsas declaraciones. Ese sujeto trepador ha reconocido que lo de la carta fue un invento con miras a aumentar su visibilidad pública a las puertas de un nuevo libro que publicará. Ha intentado disminuir el peso de su responsabilidad, por supuesto. El hecho es que hoy, a la hora en que murió Jocelyn, Paul Burtin estaba dictando una clase ante al menos cincuenta alumnos. Es imposible que sea el asesino. Me lo ha dicho Juliet Rice —me respondió.

—A menos que creamos que son varios asesinos… —sugerí.

—¿Tú lo crees? —me preguntó.

—No. Creo que es un asesino solitario. O una asesina solitaria. Al menos, es la misma persona la que comete los asesinatos, aunque pertenezca a una secta o algo parecido. Los informes forenses establecen que se ha aplicado la misma fuerza con el martillo quirúrgico para romper los huesos y que las lesiones provienen de un mismo tipo de movimientos, casi con una secuencia idéntica. Han hecho los análisis con simuladores tridimensionales. No hay duda de que es la misma persona la que ha asesinado a las cuatro víctimas y supongo que pasará lo mismo cuando se analice a fondo el cuello de Jocelyn. Me lo estuvo diciendo Lilian antes de que llegaras —le informé.

Las dos inspiramos.

No perdíamos la sensación de continuar estancadas.

Miré hacia afuera, hacia el aparcamiento. El coche comenzaba a moverse. De repente, le pedí a Anne que bajáramos y camináramos desde el instituto hasta el campus. Lo hice porque pensé que tal vez por caminos internos del campus podríamos llegar a los edificios universitarios sin la necesidad de registrar la entrada de un vehículo.

Anne comprendió mi punto, volvimos a aparcar y nos bajamos del coche. Cuando lo hicimos y nos encaminamos al instituto, miré mi móvil. Era cierto que había una llamada perdida de Rossy, pero no la había escuchado.

—¿Rossy no te habló de la chica que se suicidó que estuvo bajo la supervisión de Marina Dall en su empresa? Se llamaba Kay Clayton. Allí tenemos la monstruosidad de Marina Dall. Al parecer, al menos tres de las cinco víctimas han desarrollado un vicio que afecta a otros: secuestro, abuso de poder, violación de derecho a la intimidad.

—Sí, es verdad. Tal vez si escarbamos en la vida de Clara y de Jocelyn también encontremos algo oscuro —sugirió Anne.

Ya yo lo había pensado.

—Es posible. En este trabajo nada debe extrañarnos. Pero en el caso de Jocelyn, no me lo puedo creer.

—Ni yo. Habrá que comprobarlo —insistió.

—Hay otro aspecto al que le he dado vueltas. El tema del suicidio está como un ave revoloteando. Ya lo habíamos hablado. Ahora sabemos el nombre de la chica frágil que Marina Dall terminó de destruir. La que nos había mencionado Eliot y que Fellbaum nos terminó de aclarar. Tal vez las otras víctimas, en medio de su monstruosidad, también han impulsado el suicidio de otros.

—Si Bennet antes secuestró a alguien, o abusó de ella y luego la dejó en libertad, digamos, al inicio de su carrera criminal, sí es posible que esta persona se haya suicidado, y si no hizo ninguna denuncia del acto de Bennet, no tenemos manera de relacionar ambos eventos. Lo de Garrow lo veo más difícil porque las víctimas de este tal vez ni siquiera sabían que eran observadas. En todo caso, la negativa de obtener un préstamo por parte de Garrow, para alguien que atraviese una situación crítica, podría ser un aliciente para acabar con la propia vida. Sí, es una posibilidad —me dijo.

De repente, al cruzar la esquina que constituía la parte lateral y la parte posterior del edificio del instituto comencé a sentirme mal, como si una gran injusticia se estuviera produciendo o se hubiese producido allí. Recordé algo de mi niñez que apareció como un *flash*. Me vi de niña en un salón de clase, pero muy pequeña. El lugar estaba lleno de paredes de colores y unos dibujos de abejas, tarros de miel y osos sonrientes. Una mujer rifaba un gato de peluche, de color naranja y amarillo, con ojos verdes. Yo lo quería. Me correspondía a mí decir un número. Iba a decir el número doce, y un chico a mi lado se adelantó a mi turno y lo dijo. Le entregaron el gato. Fue una injusticia, me sentí terrible. Eso era lo que experimentaba allí en ese lugar. Miré la puerta de salida de emergencia. Ella conducía a un sendero entre unos cedros que parecía conectar con el campus de la universidad. Más cerca de mí había un pino de pequeña altura. Tal vez aquel era un camino en desuso y pocos lo conocían, me dije. Anne iba a comenzar a caminar por allí, pero yo me quedé mirando el pino. Me dirigí hacia él y lo toqué. Entonces, una visión se apoderó de mi cabeza.

4

UNA MANO PÁLIDA, con la palma hacia arriba y una herida a la altura de las muñecas. La sangre brotaba profusa. Alguien se había cortado las venas. Pero no era Kay Clayton, ella se lanzó de un séptimo piso. ¿Se habría intentado suicidar Jocelyn? ¿El asesino o la asesina? Era una mano de mujer. O tal vez fuese cualquier persona que hubiese pasado por allí y habría rozado el pino. Aquella visión no me llevaba a nada, me dije.

—¿Qué te sucede, Alexis? No me gusta tu cara —reconoció Anne.

En ese momento, otra imagen me abordó, y esta era muy aterradora. Un pastel de carne, uno de Jocelyn, pero en lugar de carne, en su interior comenzaron a salir un sinfín de ostras y calamares pequeños y rojos, como la sangre. ¡Estaban llenos de sangre! La luz en ese momento parpadeó. La lámpara que alumbraba el pasillo exterior de la edificación.

—No es nada —le dije a Anne. La imagen ya había desaparecido.

Tal como pensamos, ese camino conducía a una parte del

campus, a una especie de pequeño bosque que a su vez conducía a un edificio de aulas, y luego al que albergaba la oficina de Gía Wood. Anne y yo nos dimos cuenta de que era muy tarde para encontrar allí a Wood. Antes no habíamos caído en la cuenta de que eran cerca de las diez de la noche.

—Podemos intentarlo, pero no creo que esté aquí —comentó Anne.

—Tampoco yo. Tendremos que ir a su casa. ¿Alguna vez hemos ido? —pregunté.

—No. Siempre hemos hablado aquí a los sospechosos —me respondió.

En efecto, Gía Wood no estaba allí aquella noche. Volvimos sobre nuestros pasos y llegamos al aparcamiento del instituto. Durante todo el trayecto estuve fijándome si había alguna tienda o cafetería cuyo frente se situara delante del sendero, de forma tal que alguien pudiera haber visto si cerca de la hora del crimen alguna persona entró o salió por allí. Pero no vi nada de eso.

Aún me molestaba la visión de la mujer con las heridas en las muñecas. Llamé a Lilian y le pregunté si alguna de las víctimas mostraba signos de haber intentado suicidarse cortándose las venas. Anne me escuchaba atenta.

—Sé que no hay nada de eso en los expedientes, pero pensé que tal vez la amputación, el efecto de la sierra disfrace una lesión de este tipo, a menos que la estés buscando —le dije a Lilian.

Me dio la razón y me dijo que volvería a mirar los registros visuales con nuevos ojos. Corté la llamada.

—¿Cómo se te ha ocurrido eso? —me preguntó Anne.

—Tú misma me lo dijiste cuando aquel hombre perdió el control del vehículo y casi nos atropella, cuando el padre furioso de aquel niño iba a golpearlo. Luego el pequeño fue directamente hacia el mayor de los peligros, una vía donde los vehículos pueden transitar a cien kilómetros por hora. Recuerdas lo del rayo que no cae dos veces en el mismo punto. Dijiste que sí puede ocurrir. Y esto es algo parecido. Si buscamos la herida de la sierra del cercenamiento, puede que no veamos algo debajo, la cicatriz. He debido darme cuenta cuando vi al chofer del taxi que me llevó a casa de Fellbaum... —le dije y luego hice silencio.

Anne no me comprendió del todo, pero se hizo cargo. Tal parece que yo estaba acostumbrada a desvariar un poco y algunas veces a comunicarme no con la mayor claridad. Me dio esa impresión. Incluso recordé a Lilian decir algo así, muy divertida.

En realidad, no le dije a Anne que aunque todo aquello era cierto, lo que me hizo pensar en las heridas de las muñecas de las víctimas fue la visión que acababa de tener minutos antes.

5

Gía Wood vivía en el barrio de Andover, al lado noreste de la ciudad. Es una zona residencial tranquila en donde se ubican casas de construcción moderna y de personas de alto poder adquisitivo.

Llegamos al número 4243.

Nos encontramos una casa en forma de colmena. Su arquitectura era bastante sugerente, se alzaba hacia arriba de manera algo tubular y con hundimientos en el muro, que daban la impresión de panales.

Nos bajamos del coche y escuchamos un perro ladrar.

—¿No te parece extraño que la Gía Wood que conocimos esté interesada en un servicio de *catering* para su Departamento? Parecía una mujer no muy integrada a la comunidad universitaria, a sus pares. Recuerda que nos dijo que ellos fueron a una actividad que ella no fue. Hay algo que no me cuadra en esto —le dije a Anne.

—Ni siquiera sabemos si fue ella quien habló con Jocelyn. Igual, veamos cómo le sienta que estemos aquí preguntándole qué ha hecho esta noche, más temprano —propuso.

Tocamos a la puerta. Esperamos. No se escuchaba nada en el interior. Volvimos a tocar. Escuchábamos el sonido del timbre que activábamos al presionar el botón, pero nada más.

—No parece estar en casa —dijo Anne.

—No. Esto está muy silencioso —respondí.

El sonido de mi móvil nos sorprendió. Lo tomé. Era Lilian.

—Una de las víctimas tiene una cicatriz que podría ser producto de una herida por intento de suicidio, tal vez no muy profunda, pero aún tengo que comprobar...

—¿Jocelyn Grundy? —pregunté.

—No. Clara Holland. Justo por eso no puedo comprobarlo por mí misma, pero he pedido a mi colega Oswald Robson de Wyoming, con quien he sostenido comunicación telefónica para el estudio dinámico de la herida del cuello, que me lo confirme. Espero su respuesta.

Agradecí a Lilian y corté.

Lo comprendí.

«La primera» no se trataba de Marina Dall porque no era un orden de muerte, sino el orden en el cual quien la asesinó la había conocido. Tal vez había conocido a Clara en Topeka, cuando ella intentó suicidarse.

Tuve un recuerdo nítido.

Me vi a mí misma conducir a casa de Clara en Topeka, porque ella me había llamado, ya que sabía que yo era la investigadora del Velador y tenía que hablarme debido a que creía saber quién era él. Había sido su novio y la había abandonado. Ella, en ese entonces, era una chica inestable, con problemas en casa y había intentado suicidarse. Luego él la visitó en el hospital y le prometió que se convertiría en una persona mejor. Y le había dicho cosas que la llevaban a pensar que era el asesino. Clara se sentía en peligro, pensaba que sería la próxima víctima y me pidió que fuera a verla a su casa.

Cuando llegué, la encontré vacía, con la puerta abierta. Entré, vi un vestido rojo sobre la cama. Había un mensaje para mí: «He tenido que huir». Luego recibí una llamada a mi móvil de un teléfono desconocido. Era Clara y me hablaba de su cabaña en Lusk, Wyoming, y me decía que tenía que ir allá en su coche, que estaba muerta de miedo. Además, me decía que solo podía confiar en mí, porque él, Devin, me amaba, y él solo amaría a alguien confiable.

Luego mi recuerdo terminó.

No sé qué pasó después de eso.

6

SE LO CONTÉ TODO A ANNE. Con ese recuerdo vinieron muchos otros. Prácticamente, toda mi vida se aclaró. Y con esa claridad despejé qué era la oscuridad, quién era mi padre, a cuántos peligros me había enfrentado antes, también sobre el amor que sentía por Devin, y lo que comenzaba a sentir por Sebastian Haussmann. Mi habilidad, el péndulo que ella, Wendy, la amiga de mi abuela, me había dado. Todo se presentó ante mí con una claridad cartesiana, menos lo sucedido luego que tomé la llamada de Clara. Era como si mi cuerpo hubiese estado contaminado con algo y como si poco a poco ese algo hubiese desaparecido, pero todavía faltase un pedazo relacionado con Clara.

—Podríamos pedir apoyo a la jefa Tonny, que alguien del Departamento compruebe la coartada de Gía Wood, e irnos a Topeka. A la casa de Clara. Después de todo, nadie ha investigado allá. Si como dices, ella se sabía la próxima víctima, ha tenido que estar muy cerca del asesino y algo me dice que es allá donde están nuestras mejores probabilidades de conseguir una pista. Aquí nuestros sospechosos van saliendo uno a uno de la lista. Piénsalo, si Gía Wood tiene coartada para el momento del asesinato de Jocelyn, quedaríamos como al principio —manifestó Anne.

Asentí.

—Podemos salir al amanecer. Antes de las ocho de la mañana estaríamos allá. En coche es menos de dos horas —respondí—. Así además recuperaré mi propio coche —completé.

—Es verdad. Con lo de tu olvido, y el secuestro de los niños, ni siquiera hemos actuado de manera sensata en cuanto a eso. Esto ha sido un desastre —afirmó Anne.

Tenía razón. Las dos habíamos estado descentradas, pero tenía la impresión de que todo volvería a su cauce.

El perro ladró otra vez. En casa de Gía Wood no parecía haber nadie.

Dimos la vuelta y nos fuimos de allí con un plan en mente. Tuve la impresión de que una sombra, alguien, se desplazaba por el jardín de la casa de Wood, que acabábamos de dejar atrás, pero luego pensé que se trató de las ramas de unos árboles de mediano tamaño que se encontraban allí. Era un sauce llorón y sus ramas se balanceaban con el viento.

Anne me llevó a casa.

Esa noche descansé. Me sentí en mi hogar, y de alguna manera, protegida, porque la niebla de mi cabeza desaparecía. Antes de acostarme recordé las pastillas que me había dado Mona Baxter. Tenía que descubrir qué contenían. Al otro día lo haría, pensé. Y solo entonces recordé que Sebastian me había invitado a cenar. Busqué el móvil y no tenía ninguna llamada o mensaje de él. Tal vez comprendió que estaba en medio de un caso y que lo mejor era dejar pasar el tiempo un poco. Tenía la sensación de que Sebastian era un sujeto paciente y también de los que actuaban de manera discreta, sin aspavientos, pero que de una u otra manera estaba pendiente de mí. Eso me agradó. Con esa idea me dormí.

Aquella noche no tuve sueños ni visiones en mi cabeza.

A las cinco y media me desperté, me di un baño, me vestí y tomé café sin azúcar. Lo hice mirando desde la ventana del salón de casa. La que tenía vistas al parque. Me gustaba ese lugar. Escuchaba los pájaros trinar. Los mareos habían desaparecido. Estaba satisfecha con mi vida. Entonces, pensé en la oscuridad. ¿Qué podría hacer que personas normales se plegaran a ella? Vinieron a mi cabeza varias que conocía, algunas que se habían convertido en asesinas. Fue cuando supe que parte de las cosas que Wendy me había contado las había olvidado. Y tuve la impresión de que eran cosas importantes, asociadas al péndulo. Su péndulo, que después fue mío. Se me ocurrió que tal vez lo encontraría en mi coche, el que se había quedado en el aparcamiento de Clara Holland. Pero tal vez eso ya se les hubiese ocurrido a quienes iban por mí, a «la organización», como le había dicho Anne.

Era mejor que no pensara, por el momento, en ellos.

Dejé la taza de café sobre la encimera de la cocina, tomé el móvil, las llaves de casa y salí. Apenas llegué a la planta baja, vi el coche de Anne esperando. Me acerqué a él. Ella no tenía buena cara. Eran las seis de la mañana.

—¿Qué sucede, Anne? —le pregunté apenas cerré la puerta.

7

—Son los niños. No están bien. Los he dejado con Harry, pero tienen pesadillas. Michael piensa que los hombres malos me llevarán a mí, y me matarán. Los psicólogos me han dicho que no los maltrataron ni tienen señales de que haya sido así, pero creo que en la psiquis hay una huella...

—Quédate con ellos. Yo iré sola a la casa de Clara —propuse.

—¿Estás segura? No sé... Pasar por eso otra vez. La última vez que lo hiciste no terminó bien —expresó.

—No. Pero esta vez será diferente —le aseguré.

—No hablo solo del asesino. Por si fuera poco, andan tras de ti unos sujetos sin escrúpulos —me recordó—. Podrían seguirte hasta allá. Al menos, prométeme que no volverás a Lusk con la intención de buscar algo en la cabaña de Clara, en caso de que en Topeka no halles ninguna pista. Ese hombre y su ayudante, el *sheriff* Dabbou y Taberner, no me gustaron nada. Aquello es como una tierra sin ley.

—Ni a mí. Estoy segura de que al menos Taberner esconde muchos secretos, pero no te preocupes. No iré a

Wyoming. Si no consigo nada en Topeka, volveré a casa. Te lo aseguro —le afirmé.

—La verdad es que preferiría quedarme en la oficina, y así, si algo les pasa a los niños, estaré más cerca. Pidamos a algún agente que te lleve en una unidad policial. La jefa Tonny nos ayudará con eso. Así podrás traer tu coche de vuelta. Si vas conduciendo, no podrás hacerlo. Tengo aquí en mi bolso de mano las llaves de tu coche, desde que me las diste, no hice nada con ellas —dijo al tiempo en que me las entregaba—. Además, recuerda que hasta que Patel no te haga exámenes, es mejor que no conduzcas tanto tiempo, tal vez el tramo de vuelta, pero no el de día y vuelta —razonó.

»Le escribiré a Juliet —continuó— para que disponga el traslado a Topeka. Es la asistente de Tonny y se encargará de todo.

Acto seguido, lo hizo. Luego guardó el teléfono en su bolso de mano. Nos dirigimos al Departamento de Homicidios. Cuando llegamos, encontramos a Gael McCabe saliendo del despacho de la jefa Tonny. Venía conversando con Juliet Rice. Ambos nos saludaron con un movimiento de cabeza. Se hallaban en medio del corredor que conducía a la puerta principal del edificio. Juliet tomó dirección a su oficina y McCabe se acercó a nosotras.

—He venido a despedirme. Les deseo suerte con el caso —dijo y me miró con un tono de seriedad.

—¿Vuelve a Washington? —preguntó Anne.

En ese momento, la miró a ella.

—No. Debo entrevistar a alguien en Topeka. De allí iré a Denver. Luego a casa —manifestó.

—¡Qué casualidad! —dijo Anne.

—¿Cuál casualidad? —preguntó, interesado. Al hacerlo, inclinó un poco la cabeza hacia abajo y miró al piso, o a sus costosos zapatos como si hubiese recordado algo.

—Alexis y yo también partíamos ahora mismo a Topeka, pero solo ella…

—También le deseamos suerte, agente McCabe —me apresuré a decir. No deseaba que cristalizara lo que Anne estaba tramando. Ella se preocupaba por mí, y tal vez pensaba que no podría ir más resguardada que en compañía de un agente del FBI. Solían ir en coches blindados y algunos con personal de seguridad a cuestas. Pero eso dependía del rango y me parecía que Gael McCabe no se trasladaba de esa forma. Además, no me caía bien ese hombre. Anne debía dejar de pensar en mí como un objetivo de la mafia.

—Podrían ir conmigo. Ahora mismo tomaré camino hacia allá.

Me pareció desacertado negarme. Hubiese sido muy difícil de explicar a los ojos de Anne y puede que a los míos propios.

—Solo iré yo. A la teniente Ashton le han surgido asuntos de última hora —comenté.

—Comprendo. Y con el nuevo asesinato ocurrido anoche, tendrán cosas que investigar aquí… Bien, Carter, en camino —me dijo—. Después de usted —continuó y me hizo un gesto con la mano para que tomara la delantera en salir del Departamento.

Me despedí de Anne y comencé a caminar.

Él lo hacía detrás de mí.

8

El coche de Gael McCabe, en efecto, contaba con carrocería blindada, pero no había ningún chofer ni guardaespaldas en él.

Una vez dentro, y luego de ajustarnos los cinturones, me preguntó:

—¿Han hecho avances con el caso? Ya van cinco víctimas...

—Hemos descartado a algunos sospechosos. Algunas personas mienten por razones ajenas a la investigación, y espesan nuestras dificultades de dar con el culpable —comenté mientras miraba por la ventanilla.

—Es una buena forma de decirlo, lo de «espesar». Me parece que algunos escritores de intriga usan justo ese vocablo —afirmó.

—¿Lee libros de intriga, agente McCabe? —le pregunté con genuino interés. Por eso volteé a mirarlo. Me pareció que ese hombre era algo misterioso.

—Patricia Highsmith. Es ella quien lo dice. Estoy seguro. Creo que lo leí a los veinte años —dijo—. Le pido disculpas por haber sospechado de usted en Lusk. La verdad es que quería cazarla cuando la vi en aquella cárcel. A mi favor, debo decirle que todo apuntaba a su culpabilidad. Tal vez demasiado.

—¿Qué quiere decir? —pregunté.

En ese momento, detuvo el coche. Estábamos ante un paso de peatones, pero no había nadie.

—Que también parecía que alguien había espesado el argumento en su contra. ¿Quién es tan tonto para llevar a cuestas los *souvenirs* que roba de sus víctimas? Normalmente, los asesinos los ocultan en buenos escondites. Claro que se suponía que usted había sido encontrada in fraganti, pero los llevaba en los bolsillos de su ropa. ¿Y por qué todos? En todo caso, solo llevaría el que le acababa de quitar a Clara. ¿Ve mi punto? —preguntó.

Pasábamos cerca del Harrison Park.

—Sí lo veo. Pero su razonamiento también tiene un problema. Si bien era extraño que yo llevara conmigo todos los *souvenirs*, también era extraño que el asesino los llevara consigo. ¿Por qué al matar a Clara llevaría a mano las joyas que le quitó a Marina Dall, a Charlie Bennet? —argumenté.

—Tal vez porque iba a llevarlos a algún lugar, y el asesinato de Clara fue algo que no debió ocurrir, algo que le sucedió en medio de su plan de guardar los objetos —respondió, retador.

—No lo sé. No estoy muy convencida. ¿Por qué yo no podría haberme visto también sorprendida por Clara cuando hubiese querido llevar los objetos conmigo?

—Porque cuando usted llegó allí ya Clara lo había hecho antes. Eso lo demostró su abogada, Rose Eastman, con la ayuda de su buen amigo Hausmann —respondió campante.

Me costaba seguirle el paso al razonamiento de McCabe. Reconozco que me gustó su inteligencia.

—¿Dice que Clara encontró in fraganti al asesino en su propia cabaña, intentando guardar lo que había quitado a las otras víctimas? ¿Que tal vez era allí donde deseaba guardar los trofeos de sus víctimas y luego improvisó, dejándomelos a mí? —interrogué.

Había logrado interesarme en realidad esa perspectiva.

—Algo así es lo que digo, Carter —afirmó.

Se acomodó el nudo de la corbata.

Me quedé pensando en eso. Intenté encajar ese punto de vista en lo que había recordado de Clara. Ella estaba aterrada, y yo pensé que estaba huyendo del asesino. Si era así, ¿para qué irse a su cabaña en Lusk a encontrarlo? Quizás pensara que él la buscaría en su piso en Topeka y no en su cabaña, que él no sabía de la existencia de ese lugar, y por eso me pidió que me llevara su coche. De seguro allí estaba, en el GPS, la dirección de la cabaña. ¿Pero por qué no se lo condujo ella misma si lo que quería era escapar de él? Nada de lo que había hecho Clara parecía tener sentido bajo la tesis de McCabe.

—¿Cómo sigue su memoria? —me preguntó de repente.

—Mucho mejor. Puede que tenga que darle las gracias por haber contribuido a que la prensa no castigara mis «métodos» —sugerí.

Sonrió con ironía.

—Al fin ha recordado sus «métodos» —se limitó a responder.

No le dije nada al respecto.

Gael McCabe me irritaba y me intrigaba a partes iguales.

9

Fɪɴɢí ǫᴜᴇ ᴅᴏʀᴍí el resto del camino. Me estresaba la conversación con él. No sabía si deseaba sacarme información para luego usarla en mi contra. Que hubiese actuado a mi favor antes no significaba mucho para mí. Podía ser parte de su estrategia. Me daba la impresión de que se trataba de un cazador, de uno de esos sujetos implacables. Tal vez era por su inteligencia, la pulcritud de sus ropas, de su coche, que todo estuviese en su lugar. Era, sin duda, alguien obsesivo con los detalles, y eso es característico en los sujetos que tienen personalidad de perseguidores, de cazadores.

Hubo un momento en que su móvil sonó. Atendió la llamada, operando los comandos del volante. Bajó un poco el volumen, creo que para que yo no me despertara.

Se trataba de una niña llamada Sophie. Supuse que era su hija. Hablaron sobre una investigación escolar. Ella le preguntaba sobre el mar Egeo. Él le hablaba con cariño, casi devoción.

Después de esa conversación abrí los ojos y dejé de mirar por la ventanilla. Ahora miraba hacia el frente. Acabábamos de pasar por el condado de Auburn. Vi el anuncio a las afueras, en la Kansas Turnpike.

—Nací allí. Mis primos aún viven en el rancho que era de mis padres. Ahora solo quedamos mi hermana y yo. Y Sophie, a quien creo que ya has oído. Ellas son toda mi familia, al menos la que me importa en realidad —me dijo.

—¿Naciste en Auburn? Nunca lo hubiese pensado. Pareces un hombre de ciudad —dije.

Me sentí tonta. Después de todo, pudo haberse convertido en un hombre de ciudad mucho después y por eso ser tan dado a la perfección de las formas, las ropas y los objetos. Porque aprendió a querer lo urbano desde el lente de lo rural, que siempre lo idealiza.

McCabe volvió a sonreír.

—¿Podrías vivir en el campo? —le pregunté.

—No. Ni en mil años —respondió tajante.

Después se puso unos lentes de sol que sacó de la guantera del coche.

—¿Puedo hacerte una pregunta personal? —me dijo.

Me dio la impresión de que por eso se había puesto los lentes. No había sol, el cielo estaba gris. Era como si no deseara que pudiera ver sus ojos durante la conversación que iba a iniciar. Tal vez porque podría ver algo que hasta ahora no había hallado en él, curiosidad. Era un hombre frío e impermeable. La curiosidad nos hace cálidos. Hasta a un sujeto como él. Decidí aceptar el reto de su pregunta.

—Sí —respondí.

—¿Es cierto que los cuerpos de las víctimas te dicen cosas?

Incluso su tono de voz había cambiado. Ahora era más cercana. Como si hablara con una vieja amiga. Gael McCabe parecía tener adentro varios hombres. Aguardé un instante para responder. Vi su mano derecha sobre el volante. Movió dos dedos, el índice y el medio, dando dos toquecitos sobre el volante. Esperaba, impaciente.

—No me dicen cosas. Pienso cosas cuando los toco. Es diferente —respondí.

—Eso me parecía. No te ves como una loca metafísica —afirmó. Fue lo más parecido a un cumplido.

—¿Y tú? ¿En qué te has especializado? —le pregunté.

—Soy doctor en Teología. He vivido varias vidas, Carter. No solo una. En mi vida anterior me gradué de teólogo. Luego viví una situación extrema y decidí estudiar Criminología. Y una cosa llevó a la otra, y el FBI me «capturó».

Me quedé sin saber qué decir por unos segundos.

—No pareces una persona religiosa, ni interesada en cosas como esas —afirmé.

—Así como estoy seguro de que tu asesino, el que quieres cazar, no parece tampoco un asesino —sentenció.

10

Llegamos a Topeka.
Le pedí que me dejara en el edificio donde vivía Clara y le di la dirección. Se encaminó hacia ella. Fue cuando McCabe comenzó a hacer cosas aún más extrañas.

—¿Qué has venido a hacer aquí a Topeka, Carter? —me preguntó apenas supo la dirección a donde me dirigía.

—A seguir una pista. Creemos que el asesino conocía a Clara Holland desde antes, y que en ese pasado estaría la clave para descubrirlo. También creemos que se mueve por motivos religiosos, eso por el carácter semiótico de las escenas, claro está.

—«Aquello que se emplea para representar una idea o un objeto diferente de sí mismo». Eso es la semiótica. ¿Crees que el asesino convierte las escenas en algo diferente? ¿Quiere que la gente comprenda cosas?

—Exactamente —le dije. Me parecía que comprendía demasiado bien mi punto.

—¿Y qué querrá decir? —preguntó, y sus dedos continuaban dando los toquecitos en el volante.

—El velo separa, o para proteger al mundo de personas como Bennet o para proteger los cuerpos del mundo una vez purificados a través de la destrucción de sus cuellos.

—De la destrucción de la conexión entre la mente y el corazón —completó.

—La mano extendida y cercenada creo que es lo más importante —afirmé.

—¡Estoy seguro! La mano extendida, de alguien, de una mujer, lo más seguro, su madre. Debe ser hijo de un hombre creyente y dominante y de una mujer fantasiosa. Con inteligencia por encima de la media. Hijo único. Debió haber nacido en las cercanías de Wichita o Topeka, en un ambiente rural. Debió ser el primero de la clase y se esforzaría por ser el hijo perfecto. Sin embargo, debía reservar momentos valiosos de soledad en donde cuestionaría los dogmas del padre y la falta de realismo de la madre. Eso le haría cultivar una rabia profunda que es la que desata al destruir el cuello de las víctimas. Desde pequeño se daría cuenta de que su madre no podría comprender a su padre: él sería casi su héroe, y ella una especie de gallina sin cabeza corriendo de un lugar a otro, buscando agradar, pero sin gracia. No comprendería cómo su padre se habría casado con su madre. La odiaría con locura. Eso significa la mano, la manipulación de ella. Se concebirá como un elegido de algún dios, que debe significar una retorcida conversión edípica de su padre, que había tenido la mala fortuna de juntarse con una medusa, una lamia hermosa que ocultaba una serpiente, siempre en actitud de petición, de entrega falsa e interesada. Recordará sus manos blancas y delicadas, extendidas como pidiendo un abrazo cuando su padre llegaba o cuando él llegaba. Puede que esté asesinando a las personas parecidas a su madre, personas monstruos que limitaban lo maravilloso que había a su alrededor. Algo debe haber disparado en él la necesidad de actuar. Eso es lo que yo pienso —culminó.

No podía creerlo. Esa dosis de imaginación que McCabe había mostrado en el perfil del Velador, tan cercano a lo que Anne y yo habíamos discutido o pensado, solo podía significar una de dos cosas. O Gael McCabe era el mejor perfilador de asesinos con motivaciones religiosas del país, o Gael McCabe era el Velador.

11

—¿Qué piensas de mi perfil? —me preguntó al mismo tiempo en que detenía el coche. Estábamos frente al piso de Clara.

—Es interesante —respondí y tomé la manija de la puerta. Sentí que su mano derecha contenía mi brazo. Volteé a mirarlo.

—He jugado con ventaja. Le he ofrecido a tu jefa toda mi ayuda. Soy de los mejores perfiladores del país, pero me gusta actuar en las sombras, sin que nadie sepa en cuáles y cuántos casos he trabajado. Me ha compartido los expedientes y me tiene al tanto de las reflexiones que tanto la teniente Ashton como tú han cavilado. De hecho, Anne Ashton y tú están en el caso sin la participación de Asuntos Internos ni del FBI porque he roto lanzas por ustedes, he llegado a un acuerdo con Tonny que pedí no te contara hasta que lo hiciera yo. Quiero que acepten mi ayuda respetuosa. La jefa Tonny permitió que fuera yo quien te lo dijera a ti, y ella se lo diría a Anne Ashton. Si alguna está en desacuerdo con mi colaboración, mantendré mi apoyo para que cierren ustedes el caso, y yo me mantendré en la retaguardia, en la posición que ustedes deseen —confesó.

Lo miré fijamente. Ya me había soltado el brazo. Ahora se quitó los lentes. Mantuvo la mirada puesta en mí.

—Es decir, lo de que venías a Topeka y a Denver era mentira.

Asintió.

—Supongo que podremos hacernos cargo hasta que atrapemos a este asesino —fue mi respuesta.

—Hay otra cosa más. Quiero saber quién va tras de ti. Lo que hicieron con los hijos de tu compañera. Debemos saber qué contenían las píldoras que Mona Baxter te dio…

No me gustaba que un extraño supiera tanto sobre mí. La jefa Tonny lo sabía todo porque la información era el mejor argumento a favor de la implicación obligada de Anne en el asunto. Sin duda, ella había optado por confiar en el FBI y en McCabe. Tendría que seguir su camino.

—¿Nos bajamos? —pregunté a manera de invitación, de aceptación de lo que proponía.

—Nos bajamos —respondió. Volvió a ponerse los lentes oscuros y a acomodar el nudo de su corbata color azul eléctrico.

Pasaba de confiar en él a no hacerlo con segundos de tiempo entre una y otra cosa.

En el piso de Clara no hallamos nada de valor para la investigación. Tampoco para que mi cabeza recordara lo que sucedió entre que salí de allí y aparecí en la celda de Lusk. Cuando entré, vi lo que ya había recordado. Un salón agradable, unas fotos de Clara sonriendo. Unos libros de recetas, varios cojines coloridos sobre el sofá, un cuarto de baño con olor a albaricoque, un vestido rojo sobre la cama. Era nuevo. Un frasco de perfume recién en uso. Las cortinas blancas de su habitación azul. Ni una seña de otra persona que no fuera ella. Nadie vivía con Clara ni tampoco se quedaba ahí.

Encontramos en la parte de arriba de un armario en el corredor, entre la sala y el cuarto, unas cajas que parecían contener cosas viejas. McCabe tomó una y yo otra. Nos dispusimos a examinarlas sentados a la mesa del pequeño comedor que Clara había dispuesto cerca de la cocina.

Las cajas contenían fotos, lazos, tarjetas de cumpleaños, algunas pulseras ennegrecidas de dudosa calidad, un payaso de peluche, una bailarina de Lladró incompleta: le faltaba el brazo izquierdo. Tomé todos los objetos con mis manos. No experimenté nada.

También había apuntes escolares, libros de historia del arte.

—¿Tú crees que el asesino actúa solo? —pregunté a mi temporal compañero.

—Sin duda. No creo que sea más de uno. La estadística apunta a que las escenas tan elaboradas son obra de una sola mente creadora. Los grupos reducen la libertad, para algún tipo de criminal —me respondió.

Asentí.

—¿Lo dices porque algunos de los sospechosos no tienen coartada para una fecha, pero sí para otra, y eso los invalida como asesinos en este caso?

—Sí. Es por eso. Burtin tiene coartada para anoche, Fellbaum para la noche del asesinato de Bennet. Gía Wood, no lo sabemos, anoche fuimos a su casa. No había nadie. Habrá que insistir con ella. Además, Eliot Grundy dijo que a Jocelyn la había llamado una profesora de la universidad.

—Eso es interesante —dijo él.

—Por otro lado, la personalidad de Jocelyn, su ocupación, me parece que dista mucho de las otras víctimas, Al menos, de Marina Dall, de Charlie Bennet y de John Garrow. Puede que se pareciera más a Clara. Ambas eran propietarias de cafeterías y mujeres sin secretos, que sepamos —manifesté.

Terminamos de revisar la casa de Clara sin resultados.

Fui a buscar mi coche. Allí estaba. En el aparcamiento de visitantes del edificio. Me despedí de McCabe. Me deseó suerte y se fue al verme dentro del coche. Supuse que volvería a Wichita, pero no hablamos de eso. Cuando me disponía a salir del aparcamiento, un hombre apareció de repente y tocó a la ventanilla.

Me sorprendió. Mucho más cuando vi lo que llevaba entre las manos.

13

Era el péndulo, el que había recordado. El que sabía que era mío y que Anne estuvo buscando en la habitación del hotel, pensando que me lo habían devuelto con mis pertenencias al dejarme en libertad.

Abrí la ventanilla del coche. Se trataba de un hombre viejo. Sus manos arrugadas balanceaban el péndulo.

—Señorita… Es una suerte que la haya encontrado. Usted vino hace unos días y al bajarse del coche esto cayó al piso. Cuando intenté detenerla, ya la había perdido de vista. Verá, no puedo desplazarme muy rápido. Tengo un problema en la cadera. Fue una lástima. Es muy bonito. Así que me dije que cuando volviera por su coche se lo devolvería.

Hizo una pausa.

—Luego vino su amigo. Pero me pareció un sujeto sospechoso. Uno ve la intención de la gente a leguas. Al menos, a mi edad, se ve. Esperé. Ese hombre no pretendía llevarse el coche, sino revisarlo. Lo miró por todos lados. Después se fue, así que yo me dije «Peter, esto se le cayó a la chica y a la chica vas a dárselo». Así que aquí lo tiene —dijo, orgulloso de sí mismo, entregándome el péndulo.

Le agradecí por haberlo mantenido con él. Me quedé con sus señas y le dije que me comunicaría con él para mostrarle varias fotografías y ver si reconocía al hombre que había entrado a mi coche. Supuse que debía ser del grupo que amenazaba a Anne.

Una vez que el hombre se fue a su puesto de vigilancia en el aparcamiento, sostuve el péndulo con mis dos manos. Sabía que era fundamental para mí. Me lo había dicho Wendy. Con él en mi poder me sentía protegida. Pero el péndulo estaba dentro de un anillo. Yo tampoco lo tenía. Supuse que al bajar del coche, con el movimiento, el anillo se había abierto y el péndulo acabó saliendo. Tal vez había perdido el anillo en alguna parte, en este episodio de mi vida que no recordaba.

Volví a Wichita. Fui directo al Departamento de Homicidios. Allí estaba Anne en su oficina. Nos saludamos y nos pusimos al día.

Le dije que no había logrado nada en casa de Clara. Eso no era del todo cierto, pero al menos lo recuperado no era algo en relación con el caso. Ella me dijo que habló con Gía Wood y que ella negó haber hablado con Jocelyn Grundy. No tenía coartada para anoche, y no tuvo problema en acceder a grabar su voz para que Eliot Grundy la identificara.

—Además, creo que estaba bajo el efecto de alguna píldora, estaba mucho más calmada que la vez que le hablamos, como si todo le diera igual. Una especie de tranquilizante, o fluoxetina, no lo sé… Por cierto, el laboratorio está esperando que traigas las píldoras que te dio Mona Baxter…

—Lo sé. Iré a casa y las traeré. ¿Grundy escuchó la voz de Gía Wood? —pregunté.

—Sí. Ha dicho que no puede estar seguro —se lamentó Anne.

Inspiré profundo.

—Ve a buscar las píldoras. Te espero aquí con todos los expedientes del caso. La autopsia actualizada de Jocelyn y el reporte de la inspección en el instituto, con las declaraciones de Kennedy y poca cosa más. Tal vez si lo repasamos todo, algo encontremos. Lilian me ha avisado que ya ha terminado con el cuerpo y preguntó si tú irías al Departamento Forense. Creo que quiere que pases por allá.

Sabía por qué quería que pasara por allá. Recordaba que Lilian era mi gran aliada. Me dejaría tocar el cuerpo de Jocelyn y tal vez sintiera lo que ella sintió antes de morir. Era una posibilidad.

Pensé en ir a casa, buscar las píldoras y luego pasar por la sala de autopsias a buscar a Lilian. Eso hice. Además, estaba cansada. Había comenzado a dolerme la cabeza. Me tomaría un calmante, me daría un baño veloz.

Me fui a casa. Cuando llegué, había una nota escrita y puesta en la puerta. Era de Eliot Grundy.

Detective Carter, he recordado algo que puede ser muy importante en relación con algo que hizo Jocelyn el día de ayer. Venga a casa, por favor. Es en el 4852 de la calle Alumni. Por ahora, no le diga a nadie más. No me siento seguro en el Departamento de Homicidios. Por favor, traiga esta nota consigo para que nadie lo sepa. Eliot Grundy.

Sí que era extraño aquel mensaje.

Me fui a la casa de Eliot.

¿Por qué no se sentía seguro en el Departamento?

Ya Jocelyn me había aclarado que Eliot era un tanto paranoico.

¿Sería por eso o había algo más?

¿Es que desde el principio intuyó algún peligro sobre ellos, una gente tan corriente, y por eso había instalado el sistema de seguridad?

Además lo había hecho cerca de la fecha en la que se iniciaron los asesinatos.

Él sabía algo, había estado justo ante nuestras narices y no lo habíamos visto.

14

Llegué al 4852 de la calle Alumni.

Eliot me esperaba con cara de terror.

—¿Qué es lo que sucede? —pregunté apenas abrió la puerta.

—Creo que sé quién es el asesino de Jocelyn, y puede que no vaya a creerme. Tiene que entrar. Podría estarnos observando —dijo—. ¿Trajo la nota consigo? —me preguntó.

Le mentí y asentí. Entré a su casa. Olía a pastel de carne. Igual que la cafetería. Todavía Jocelyn estaba allí presente.

—Vamos a la cocina. Allí, con el ruido de la caída del agua, nadie nos escuchará —afirmó. Me pareció que no estaba razonando bien.

Me condujo por un pasillo pequeño que estaba lleno de cuadros de tubérculos, ostras y flores en tonos pasteles.

Luego pasamos a una salita acogedora cargada de objetos, tal vez demasiados. Adivinaba una presencia femenina en esa casa, muy fuerte. Una sensación de tristeza volvió a inundarme, parecida a la que sentí fuera del edificio del instituto, junto al campus. Cuando había experimentado la injusticia de aquella rifa del gato naranja que debió ser mío. En ese momento algo pasó por mi lado, veloz. Justamente, se trataba de un gato, pero esta vez era gris, de ojos amarillos, que parecía estar en su hora de mayor necesidad de movimiento.

—Hasta Esciro está nervioso —comentó Eliot.

Me pareció que algo se estaba quemando, había humo. Tal vez Eliot no llevaba los tiempos de los pasteles en el horno como lo hacía Jocelyn, me dije.

—Aquí en esa habitación. Puede mirar lo que he encontrado oculto en el armario en el lugar donde Jocelyn siempre guardaba sus recetas. Era como un lugar al que yo no podía acceder y ahora entiendo por qué. ¡Le lavaron el cerebro! ¡Tiene que ser eso! ¡Tiene que verlo! —gritó.

Él se hallaba en el umbral de un pequeño depósito junto a la cocina. Entré en él y avancé. Había un objeto cubierto con una manta sobre una silla. Lo destapé. Escuché un golpe. Una puerta cerrarse. Me había quedado encerrada en ese espacio y un denso humo lo llenaba todo. Salía de una rejilla. Comencé a toser y a ahogarme. Las palabras de Gael McCabe volvieron a mí.

«Una cosa es analizar a las personas como víctimas de un asesino serial y otra era investigarlo como un asesino serial».

Y luego el pino, el de las ramas que me invitó a tocarlo, que me condujo a la visión de la mujer con las heridas en las muñecas pálidas. He debido darme cuenta de que el pino no se hallaba a la derecha del camino, hacia el lado que conducía al campus, sino al otro lado, a la izquierda, al del aparcamiento que compartía el instituto con la cafetería. Si aquella visión tenía que ver con el asesino, y luego supe que tal vez tuviera que ver con Clara Holland, que había herido sus muñecas, significaba que el asesino al salir del edificio había girado a la izquierda, no a la derecha. Y a la izquierda solo estaba la cafetería y el *parking*. Pero para qué salir por detrás si iba a tomar un coche, si no habría casi nadie que pudiera verlo. ¡Su destino debía ser la cafetería! Además, Eliot no contaba con coche, yo se lo había quitado. Más razones aún para que solo él tuviese que tropezar o tocar aquel árbol, solo alguien que fuese a la cafetería…

Y la curiosidad de Jocelyn, su aspecto de niña, de tal vez nunca poner los pies sobre la tierra. Ella se parecía a Clara, las dos eran dueñas de cafeterías, personas sencillas, despreocupadas. Personas que un fanático podía conocer y eventualmente querer tener a su lado. Tal vez Clara fue su novia y por eso intentó suicidarse, porque descubrió que era un asesino en ciernes… «la primera víctima», ella fue «la primera víctima».

Se me comenzó a hacer cada vez más difícil tomar aire.

Eliot Grundy era un hábil conversador, impresionante prestidigitador, hacía creer que estaba de tu lado, que era un hombre perdido sin su esposa. Conocía el instituto, trabajaba a su lado, sabía de sus espacios vacíos, conocía el campus, todos los días se iba a casa al anochecer y su esposa se quedaba hasta tarde en la cafetería. Pudo matar a Marina Dall, a John Garrow. Ella me dijo que viajó y un día antes dejó instalado el sistema de vigilancia, un día antes, el 29 de septiembre… Su viaje fue el 30, el día que asesinó a Charlie Bennet.

Había caído como una ingenua en la trampa del Velador y solo ahora lo comprendía todo.

Ahora yo era la criatura velada…

15

Desperté.

Mis manos estaban atadas. También mis pies. Me hallaba acostada de lado. Mi boca estaba amordazada. Eliot Grundy me miraba.

—Te quité algo, un anillo, cuando me interrumpiste. Es mi trofeo. Preferí dejar los otros en tu poder. El destino quiso expiarme con tu presencia allí. Lo que le sucedió a tu memoria fue la toxina del olvido. Cuando mi padre murió, dejó un dinero para que yo estudiara en la universidad. Empecé a estudiar Química y Biología. Y era muy bueno en ello. Participé en un estudio sobre el ácido domoico...

Hizo una pequeña pausa al tiempo en que balanceaba un martillo. Recordé el cuello de Marina, el de Jocelyn. Yo quedaría como ellas.

—La toxina amnésica de los moluscos; ostras, almejas, pulpos, calamares. He logrado extraerla y densificarla. Fue lo que te inyecté en la planta del pie, donde nunca lo verías. Tampoco lo detectarían a menos que emplearan reactivos específicos. Creerían que tu falta de memoria se debía al golpe o que era solo una treta tuya. Casi lo logro. Pero claro, el efecto del ácido era solo de horas. Más bien, creo que tu cerebro no funciona como el de los demás mortales. El efecto en ti parece haber tardado más. Te vi dos veces antes de esta, y las dos parecías muy confusa. Por eso lo digo...

No podía desatarme. Estaba atrapada.

Eliot Grundy se acercó y llevó sus dos brazos hacia atrás, dispuesto a golpearme con el martillo. Entonces me sonrió y volvió a bajarlos.

—Te aseguro que el mundo es un mejor lugar sin ellos. Si tan solo pudieras comprenderlo, porque hasta ahora solo he asesinado personas oscuras, de las que impiden las claridades de las otras. Tú no eres así, y por eso debo encontrar alguna oscuridad en ti... —dijo titubeando.

Me quitó la mordaza. Pensé que iba a golpearme. Me miró con desprecio. Tenía que pensar en algo para retardar el ataque. No quería sentir dolor. Imaginaba lo que habían sufrido Marina, Bennet, Garrow. Ahora sería yo. Y era injusto. Unas lágrimas saltaron en mis ojos.

—¿Por qué lloras Alexis? Lo sabía. Tenías que recurrir al viejo artilugio, la eterna herramienta de las mujeres indefensas. Corruptas, patéticas... implorando que no las dejen. Parecen gatos hambrientos...

Lo comprendí. Su odio, la raíz de todo, era una mujer como la que acababa de describir. Esa fuerza en el desprecio solo era compatible con su primera crianza. Debía odiar a su madre. Todo debió comenzar por allí, por culpar a su madre de lo malo que pudiera pasarle. Por eso las manos amputadas y hacia arriba. Lo sabía y ahora debía hacer algo, alargar mi final hurgando en su odio. Hacerlo hablar de ello.

—¡Llorar! ¡Llorar! ¡Siempre llorar! —gritó.

Levantó el martillo. Era mi fin.

No sé ni cómo, pero en mi cabeza brilló la palabra «risa».

Comencé a reír a carcajadas. Unas carcajadas huecas, falsas. Me sentí una demente. Eso lo desencajó. Me miró asombrado. Otra vez detuvo el martillo arriba y bajó lo brazos.

—No todas somos gatos lastimeros. Algunas somos fuertes —le dije.

Noté su interés, su curiosidad.

Balanceó el martillo un poco, de forma infantil.

—Pero igual son engendros que manipulan, que pretenden controlarlo todo —afirmó.

Entonces me golpeó el brazo.

Lo hizo con el martillo. Sentí un gran dolor. Grité. Nunca me había oído a mí misma gritar así.

Ahora vendría el cuello, lo sabía.

—¡Maldito loco! —grité.

—Eso es Alexis, saca tu podredumbre, porque allí está. Era lo que necesitaba para darte el golpe final, el definitivo. Las personas que no son capaces de guardar decoro en su final no merecen morir disfrazadas. Uno debe morir como lo que es, el fondo —dijo.

Habló con una voz profunda, como declamando ante un público que lo aclamaba.

El dolor del brazo se había extendido a la mitad de mi cuerpo. Ahora no sentía el hombro, era como si hubiese desaparecido. Y la mitad del torso se sentía pesada.

Volvió a levantar con las dos manos el martillo y miró mi barbilla, mi tráquea. Sus ojos brillaban. Cerré los ojos y esperé.

En ese momento, alguien entró en la habitación. Logré ver a Anne y varios hombres del cuerpo de policía.

Apuntaron a Eliot Grundy.

Hubo una voz que le ordenó que se detuviera.

Lo miré. Tenía el martillo a la altura de su cabeza, hacia la izquierda. Se quedó detenido, como paralizado. Su rostro era infantil y a la vez trágico.

Lo contuvieron. Él me sonrió.

No voy a olvidar ese rostro.

Luego se lo llevaron.

La jefa Tonny también estaba allí. Fue tras él. Las lágrimas comenzaron a derramarse de mis ojos. Solo unos segundos más y hubiese muerto.

Anne me desató. Me ayudó a ponerme en pie.

—Creo que ahora sí podrás perdonarte. Me has salvado la vida —alcancé a decirle.

—Sí. Eso me hace muy feliz. También debes agradecer a Gael McCabe. Creo que está obsesionado con tu culpabilidad y te vigila. Fue a tu casa y vio la nota. Le pareció extraña. Parece que es un gran perfilador y buscó información sobre Grundy. Debe tener acceso a algo más allá que nuestra Rossy. El hecho es que nos alertó porque ya él había hecho un perfil del asesino y todo le pareció que coincidía con Grundy. Rossy está que se muere de la ira. Dice que ese dandi no puede ser mejor que ella.

Era Anne, la de siempre. La que irradiaba fortaleza.

—Vámonos de aquí. Esta casa es como una trampa para mí —le dije a mi compañera desde el fondo de mi corazón.

16

LLEGUÉ a la sala del café en el Departamento dos días después.

Eliot Grundy había confesado todo.

Anne me vio caminar por el pasillo y me fue a saludar. Apenas me sentaba en la silla en torno a la mesa con la taza de café.

—Hola. ¿Has descansado? Yo la he pasado de fábula con los chicos. No sabes cuánto me alegra haber apresado a ese engendro, aunque estuviésemos perdidas como nunca. Mira que matar a su propia esposa... además hacerlo en el instituto. De seguro pensaba que así dirigiríamos nuestras pesquisas a los sospechosos del campus, a Gía, a cualquiera que no fuera él —me dijo Anne y se sentó frente a mí. Se le veía rejuvenecida.

—Apenas tenían meses de casados. Simulaba que la quería. Todo en él era fingido. Tenía sus propias premisas, era un creyente de algunas ideas helenistas, de hecho, él mismo fue el que le habló a Fellbaum sobre los creyentes helenistas. Pero no formaba parte de un grupo religioso, iba por libre.

Eliot tenía el don de la palabra y sabía qué decir y cuándo hacerlo. Leía muy bien a la gente a su alrededor. Pensaba que había que hacer una profilaxis social sobre los que impiden la felicidad de los demás: los que imposibilitan la llamada a las aventuras, los que impiden la ayuda de los otros, los que manipulan, los ineptos que brindan ayudas inútiles, los mentores ignorantes; los que tientan con intenciones egoístas, los que impiden a otros salir de sus abismos, los que no perdonan; los que obligan a ocultar la valía de los demás, los que no permiten los regresos felices. Porque todo esto hace que la gente se quede sin futuro —le dije como recitando—, como ves, son diez tipos. Eso era su NSV10. Era un «No Sin Venganza, 10».

—¡Vaya! ¿Cómo sabes todo eso?

—Ha accedido a hablar con el agente Gael McCabe. Él me lo ha dicho a mí. Tuvimos una reunión ayer en la cafetería frente a mi piso —le expliqué.

—Pues sí que es una caja de sorpresas el agente —fue la respuesta de Anne.

—Eliot creó una religión a su medida. Fue un chico solitario que idealizaba a su padre, y despreciaba a su madre. La mano abierta, con la palma hacia arriba representaba la actitud molesta de constante demanda que veía en su madre. Eso cree McCabe y yo también. Ha confesado también que ella limitaba el brillo de su padre, era manipuladora, lo separaba de las personas interesantes, y de viajes emocionantes. Siempre valorando la casa, el orden y los objetos por sobre los deseos de las personas. Le habló de su niñez, de que era el mejor en concurso de deletreo y de oratoria, luego fue delegado de curso en la secundaria, consiguió una beca para estudiar una licenciatura en Química en esta ciudad.

Anne me escuchaba muy atenta. Eso me dio pie para continuar.

—Cuando su padre murió, se mudó con su madre acá. Su madre atendía a su padre al enfermar y para Grundy fue ella la culpable de su muerte. Al mudarse, su novia, Clara, una chica algo inestable emocionalmente en ese tiempo, se corta las venas. Lo hace sin la intención firme de quitarse la vida. Grundy vuelve a verla en el hospital. Ya en ese momento él tiene consciencia de que en realidad desea quedarse en Topeka con Clara y no estar con su madre, pero que su deber, lo que se espera de él, es que continúe su carrera aquí en Wichita. Debió discutir con ella, decirle que había estado mal que atentara contra su vida y tal vez le adelantó sus intenciones de alguna vez matar gente que se lo mereciera. Debió decirle algo que hizo que Clara, años después, estuviera segura de que el asesino era su exnovio Eliot. Hasta ahora no sabemos cómo se enteró de que Clara iba a delatarlo. Creo que poco a poco se abrirá con Gael y aclararemos eso, y por qué llevaba consigo los trofeos, las prendas de Marina y de Bennet. El asunto es que Eliot se dijo a sí mismo que lo de Clara era solo un arrebato de juventud porque ya había perdido la confianza en ella. Era como si su padre hablase dentro de él. Debió ser un hombre controlador y autoritario. Eliot dejó la carrera de Química a medias cuando su madre murió, y agonizando le confiesa que ella mató a su padre. ¿Puedes imaginarte eso? —le pregunté a Anne.

—¡Madre de Dios! —exclamó ella y tocó su medalla.

—Grundy heredó algún dinero con el cual cumplió uno de sus sueños: abrir una pequeña cafetería con platos clásicos. Ahora haría lo que querría, y no lo que su madre esperaba de él. No solo había sido un plomo en el ala para su padre, sino también una asesina. Eliot ya era un joven de veinticinco años con una vida de libertad por delante. Sin embargo, siempre mostró inquietudes religiosas y se topó con las ideas del culto de los helenistas gracias a unos clientes en su local. Se acercó a ellas, era un gran conversador, un sujeto que sabía esconder muy bien su inteligencia y pasar por alguien común y corriente. Estudió la filosofía griega y las creencias con increíble profundidad. No se sentía cómodo compartiendo sus creencias y prefirió hacerlo solo. Se construyó su propia religión. Comenzó a releer su pasado junto con su padre en clave mística. Él era un elegido de los dioses, y por eso, ese magnetismo que irradiaba su padre. Pero había tenido la mala fortuna de juntarse con una mala mujer. Con la máscara de hombre simpático y agradable solo construía relaciones sociales para encontrar los rasgos en las personas parecidas a su madre, personas monstruos que limitaban la grandeza de los demás.

—¿Qué fue lo que hizo que de repente comenzara a asesinar? Pudo quedarse como un loco más y ya —manifestó Anne.

—Veía la vida como una gran injusticia. En su pequeña cafetería, ubicada en el casco central, sucedió algo trágico. Un hombre armado abrió fuego contra su propia esposa ante la presencia de todos. No era un desconocido, era un sujeto que Grundy conocía, con el cual había conversado antes. El hombre logró matar a la mujer que iba a dejarlo, a su esposa, que era una persona que Eliot también conocía y que apreciaba. Se culpó porque sabía que ese sujeto era un hombre violento, lo había visto, pero no había hecho nada. Bajo sus creencias religiosas concibió ese hecho como un llamado de los dioses a actuar. El Grundy inactivo y social daría paso al verdadero, al asesino de los intrigantes, de los manipuladores, de los violentos, de los «poca cosa», a quienes detecta solo con salir a la calle y escuchar sus conversaciones: en la cafetería, en la calle… Sus conocimientos de químico y de cocinero le permitieron tener acceso al ácido domoico, así como la versatilidad de su inteligencia. Habló de la toxina de la amnesia que me administró. Creo que nunca se hubiese detenido, hubiese matado cientos de personas. Tal vez cambiara el *modus operandi*. Este movido por el odio a su madre podría haber sido solo el principio. Quizás comenzara a practicar con los venenos y toxinas que conocía.

—Eso sí lo sé. Lilian me ha dicho que te ha acompañado a la consulta de Patel y que todo ha ido bien, que tu química está perfecta y tu cerebro funciona como siempre —me dijo.

—Hay algunas cosas que todavía no comprendo. ¿Por qué llevaba el ácido consigo en la cabaña de Clara? —le pregunté.

—Tal vez porque parte de su rito con Clara era administrárselo luego de matarla, como para limpiar su memoria del intento de suicidio, o algo así. O por lo que dices, ya deseaba cambiar el *modus operandi*. Yo lo que me pregunto es por qué mató a su esposa —confesó Anne.

—Puede que ya le aburriera su compañía, y quienes quieren ver razones para considerar a alguien prescindible, las encuentran de cualquier manera. O que ella descubriera algo que la condujera a sospechar que su marido era el asesino serial. Aunque parecía feliz, iba maquillada. Creo que es lo primero —concluí.

—¿Y por qué Clara se fue en bus de Topeka a Lusk en lugar de tomar su coche? Eso también me da vueltas en la cabeza —quiso saber Anne.

—Clara como te he dicho era una chica inestable, tal vez fuera muy temerosa. Puede que sintiera que de esa forma resultaba más seguro. He sabido de personas que se creen perseguidas y toman esa decisión de viajar, amparadas por la presencia de otros viajeros en un espacio público, antes que viajar en sus propios coches. Estaría aterrada. Tuvo la seguridad de que ese chico que había conocido de joven, del cual se había enamorado era el asesino y se sintió perdida. Grundy debía conocerla muy bien. Es hábil conociendo los puntos débiles de las personas. Así que estaría paranoica y debió pensar que en el bus estaba más protegida. Se diría que tal vez Grundy aguardaba cerca de su piso, en la esquina, y saldría por alguna puerta trasera a la parada de bus. Estoy segura de que el propio Grundy debe saber por qué Clara hizo eso para poder evadirlo. Esperemos que lo diga a McCabe.

—Lo cierto es que Eliot Grundy tiene bastante elaborado su delirio —dijo Anne —¿Cuál fue la relación que sostuvo con sus víctimas? ¿Con Marina Dall, Charlie Bennet, John Garrow? ¿Le habló de eso a McCabe?

—Pues sí. Se ganó la confianza de ellos basado en las debilidades de cada uno. Es un genio de las relaciones sociales; sabe cómo parecer leal. Dice que les llevaba lo que ellos esperaban. A Marina la convenció primero con indiferencia, se le presentó como un hombre que ignoraba su belleza. Eso logró interesarla porque Marina era una mujer acostumbrada a seducir, a obtener lo que quisiera.

—Una personalidad seductora de manual —convino Anne.

—Exacto. Y sabes que no hay nada que moleste más a ese tipo de patología que resultar indiferente. Marina podría haber atraído a cualquier tipo de hombre y no podía soportar que un sujeto tan normal y corriente sin ningún atractivo extraordinario la ignorase. Así que luego que la inquietó y que la hirió en su amor propio entonces comenzó a hacerse el interesado. Creo que se conocieron en una estación de servicio o algo así. Él notó la prepotencia de ella, su don de mando y eso la hundió. Fue su perdición.

—¡Vaya mala suerte! —exclamó Anne. Me di cuenta de que a mi compañera el asunto de que un asesino escogiera a su víctima en un encuentro casual le parecía aterrador. La comprendía. En realidad lo era. Esa fatalidad que podría haberse podido evitar llegando solo unos minutos más tarde al lugar a donde una se dirige.

—Entiendo lo que dices. Así que se presentó en su casa, cuadraron una cita. Le dijo que le regalaría un obsequio. Las más exquisita trufa blanca italiana que había negociado para ella. Eso llevó al éxtasis a Marina. No solo probaría algo que pocas personas en el mundo habían probado sino que su origen era turbio. Había sobornado a gente para traerlas.

—Le dio lo que quería. Lo que alimentaba su ego —concluyó Anne.

—Con Bennet fue más fácil. El día de su asesinato le llevaba un fármaco que garantizaba para las víctimas de Bennet mayor estado de somnolencia y sometimiento. Puede que también alucinógenos para él. Eso aún McCabe no lo tiene claro.

—Me extraña que Gael McCabe no tenga algo claro. Ese hombre parece un halcón —manifestó Anne.

Pensé que era una buena descripción para él.

—Y con Garrow la cosa fue diferente. Grundy notó que Garrow era homosexual y entonces se convirtió para él en alguien de sexualidad confusa. En un hombre que deseaba experimentar cosas nuevas. Sabía que Garrow era un tipo rígido, imposible. Pero también sabía cómo interesarlo.

—A ti nunca te gustó Garrow, pensabas que se había mudado al nuevo piso para ver chicas jóvenes, universitarias. Y también que era un tipo reprimido, con un yo oculto escabroso —me recordó Anne.

—Pues sí. Tal parece que me equivoqué de gustos, no le gustaban las chicas, sino los chicos. Puede que su viudez le hiciera reconocer sus apetencias. Pero lo que hizo que Grundy lo incluyera entre sus víctimas fue la actitud de superioridad que Garrow mostraba en el banco porque en realidad le parecía un hombre mediocre. Ridículo y mediocre. Le dijo a McCabe que le fue muy sencillo interesarlo.

—Creo que Grundy sabía cómo interesar a todo el mundo. Algunas personas son expertas en hacer que uno cambie —dijo Anne, reflexiva.

Se levantó y, de repente, cambió la expresión de su rostro y se quedó mirándome.

—Otra vez recuerdas lo que pasó. Déjalo. Las pastillas de Mona Baxter no me hubiesen matado. Terminó siendo una droga para disminuir la voluntad. Creo que planeaban como un segundo paso secuestrarme a mí también, o que pensara que ya no servía para este trabajo y abandonara. Que dejara de creer en mí misma. Te he dicho que no te preocupes, Anne. Hemos golpeado sus planes al menos por ahora.

—Pero yo no soy así. No soy débil, no me dejo doblegar por los abusadores ni los criminales. ¿Qué clase de policía hace eso?

—Creo que la fuente de la grandeza de las personas es nuestra debilidad. Lo que somos capaces de hacer por quienes nos importan. Aunque eso nos haga imperfectos —le dije.

—Tienes razón —dijo y se dio la vuelta.

Justo antes de salir de la sala, me preguntó:

—¿Has ido a ver a tu padre? Te lo pregunto ahora que has recobrado tu memoria y que la toxina ha desaparecido de tu cuerpo.

—Sí. Me han dicho que ha muerto en prisión.

—Pues tal vez sea mejor así —exclamó Anne.

Asentí y sonreí.

Volvía a ser la dueña de mi vida. Había terminado por recobrar los recuerdos cuando llegué a la cabaña de Clara en Lusk. No era mucho más. Llegué, entré en la cabaña y apenas lo hice recibí un golpe en la cabeza. Luego desperté en la celda. Así que ahora tenía que mirar al futuro. Había logrado algo increíble: resolver un caso en medio de la más densa bruma, sin saber ni siquiera quién era. Eso, haberme sentido incluso traicionada por mi mejor amiga y compañera, y no haberme detenido y haber confiado en mi intuición y razonamiento me había hecho más fuerte. Aunque nunca descubrí al asesino, sino hasta que casi muero en sus manos, sé que fue gracias a mí que el Velador no volverá a matar. Fue su vínculo conmigo lo que lo llevó fuera de su zona de confort y lo hizo implicarme, intoxicarme. Y antes, fue la llamada de auxilio que Clara me hizo. Nunca sabré por qué huyó precisamente al lugar donde Eliot pretendía dejar los trofeos. Tal vez allí ellos hicieron el amor por primera vez, tal vez allí se conocieron. Todavía queda mucho por despejar en la mente de este asesino. Pero hubo algo que Clara me dijo que me tocó el corazón: que era una persona confiable. Eso quiero ser para los demás y para mí misma.

Anne se fue.

Me quedé sola en medio de la sala.

Aparté una lágrima de mi rostro. Me sentí feliz de recordar con claridad que mi abuela deseaba que confiara en mi valía.

Volví a tocar el anillo, que el equipo forense había recuperado de la casa de Eliot Grundy, y el péndulo que yo misma había recuperado. Todo volvía a estar en su lugar.

En ese momento, recibí una llamada en mi móvil.

Sonreí al ver el nombre del remitente.

17

Dos hombres hablaban en el paseo del río Arkansas.

Hablaban de Alexis Carter.

Uno lamentaba que una vez más lograra atrapar a un asesino, aun estando intoxicada por la toxina del olvido, y que de nada sirviera la competencia de Jennings y Baxter, y el intento de que continuara confusa por más tiempo. Ya ambos se habían desecho de los Smith. La pareja que había actuado como personal de limpieza del instituto. Era mejor no dejar cabos sueltos ahora que una sección del FBI estaba interesada en sus acciones.

—Además conserva el péndulo —dijo el más joven de los dos.

—Lo sé —respondió el hombre que vestía de blanco y fumaba un cigarrillo.

—Te ha ido a buscar a la cárcel antes de perder la memoria —puntualizó el joven.

—Sí, y no creo que se haya confiado de mi supuesta muerte. Es muy perceptiva y ha salvado todas las pruebas —dijo el hombre vestido de blanco un poco más reflexivo.

—Puede que ya tengamos que hacerla entrar en el juego. A nuestra aliada... —dijo el más joven, que en esa ocasión vestía muy elegante y movía los hombros de una manera singular, como para acostumbrarse al entalle del traje nuevo.

—¿Crees que ella está preparada y que no será descubierta? —preguntó el hombre mayor.

El joven asintió.

El otro sonrió, brevemente, y miró hacia el horizonte.

Se despidieron y cada uno transitó un camino diferente.

El más joven, cuando se encontró solo, tomó el teléfono y marcó un número.

—Hola. Solo quería saber cómo estabas.

—Hola, Sebastian... —respondió Alexis.

FIN

Anne y Alexis regresan para resolver un nuevo caso en la quinta novela de esta serie: *Tinieblas de culpa*. Obtenla aquí: https://geni.us/TinieblasDeCulpa

NOTAS DEL AUTOR

Espero hayas disfrutado la lectura de esta novela.

Si te gustó mi obra, por favor déjame una opinión en Amazon. Las críticas amables son buenas para los autores y los lectores... y un estudio reciente (realizado por mi persona) también indica que escribir una opinión positiva es bueno para el alma 😊

¿Sabías que ahora también puedes disfrutar de mis historias en audiolibros? Te invito a gozar de esta experiencia con mi relato *Los desaparecidos*. Escúchalo **gratis** aquí: https://soundcloud.com/raulgarbantes/losdesaparecidos

Puedes encontrar todas mis novelas en mi página web: www.raulgarbantes.com

Finalmente, si deseas contactarte conmigo puedes escribirme directamente a raul@raulgarbantes.com.

Mis mejores deseos,
Raúl Garbantes

amazon.com/author/raulgarbantes

goodreads.com/raulgarbantes

facebook.com/autorraulgarbantes

x.com/rgarbantes